KB001192

사씨남정기

한국문학산책 35 고전 소설·산문
사씨남정기

지은이 김만중
엮은이 김성해
펴낸이 안용백
펴낸곳 (주)넥서스

초판 1쇄 인쇄 2013년 6월 5일
초판 1쇄 발행 2013년 6월 10일

출판신고 1992년 4월 3일 제311-2002-2호
121-840 서울시 마포구 서교동 394-2
Tel (02)330-5500 Fax (02)330-5555

ISBN 978-89-6790-063-2 04810

www.nexusbook.com
지식의 숲은 (주)넥서스의 인문교양 브랜드입니다.

한국문학산책 35
고전소설·산문

김만중
사씨남정기

김성해 엮음·해설

지식의숲

명나라 가정(嘉靖) 연간, 금릉 순천부 땅에 유명한 인사가 있었는데, 성은 유요, 이름은 현이었다. 그는 개국 공신인 유기의 자손으로, 사람됨이 현명하고 문장과 풍채가 뛰어나 당대에 이름을 알렸다. 나이 십오 세 때 시랑 최모의 딸을 아내로 맞아서, 부부의 덕행과 금실이 세인의 칭송을 받았다. 그는 어린 나이에 과거에 급제하여 벼슬이 이부시랑 참지정사에 이르렀으니, 그 뛰어남이 온 나라를 흔들었다. 그러나 당시 간신이 조정에서 국권을 제멋대로 농간하였으므로, 벼슬을 버리고 물러가려 기회를 보고 있었다.

　　유현은 부인 최 씨와 금실은 좋았으나 슬하에 자녀가 없어서 근심으로 지내다가 뒤늦게야 아들 하나를 얻었으나 얼마 지나지 않아서 부인이 세상을 떠나고 말았다. 부인을 잃은 그는 인생의 무상을 느끼고 더욱 벼슬에 뜻이 없어져서 병을 빙자하고 사직한 뒤에 집으로 돌아와서 한가로이 세월을 보냈다. 그 뒤로 국사에는 비록 참여치 않았으나 당대의 명사로서 그의 청렴하고 고귀한 덕을 우러르지 않는 이가 없었다.

그에게는 성격이 유순하고 정숙한 누이가 있었는데, 일찍이 선비 두홍의 아내가 되어 초년고생을 하다 두홍이 늦게야 벼슬을 하였다. 그러나 불행히도 남편을 여의게 되어, 이후에는 공과 한 집에 지내며 극진한 우애를 나누었다.

유공의 아들 이름은 연수라 하였는데 어려서부터 성숙하고 총명했다. 차차 자람에 따라 얼굴이 관옥 같고 재주가 뛰어났다. 유공이 기특히 여겨서 사랑하였으나 그 재롱을 부인과 함께 즐기지 못하는 것을 한탄하였다.

유연수는 십사 세 때 이미 향시(鄕試)에 장원으로 뽑혔고, 십오 세에 과거에 급제했다. 천자께서 그 문장과 사람됨을 보시고 크게 칭찬하며 즉시 한림학사에 제수하였다. 그러나 유 한림은 자신의 나이가 어리기 때문에 십 년 동안 더 학업에 힘쓴 뒤에 출사할 것을 청하였다. 천자께서 그 뜻을 기특히 여기시고 특히 본직을 그대로 지니면서 오 년 동안 수학할 말미를 주셨다. 이

에 대하여 유 한림이 천은에 감축하자, 부친 유공은 더욱 충의를 다하여 국은에 보답하라고 당부하였다.

유 한림이 급제 후 혼인을 청하는 이가 많았지만, 마땅한 혼처가 없어서 결정하지 못하고 있었다.

하루는 유공이 누이 두 부인과 함께 성안의 모든 매파를 청하여 현철한 소저가 있는 집안을 물었다. 매파들은 칭찬을 할 때는 하늘까지 올렸다가도 헐뜯을 때는 천 길 굴속으로 떨어뜨리니 종잡을 수가 없었다.

그중 주파라는 매파가 말을 하지 않고 있다가 매파들의 천거가 끝난 뒤에 입을 열었다.

"모든 말이 공평하지 못하니 제가 바른대로 소견을 고하겠습니다. 대감께서 부귀한 곳을 구하면 엄 승상댁만 한 곳이 없고, 현철한 규수를 구하려면 신성현의 사 급사(謝給事)댁 소저밖에 없습니다. 부디 이 두 댁 가운데 하나를 택하십시오."

"부귀는 본디 내가 원하는 바가 아니요, 어진 규수를 택하려고 하오. 사 급사는 본디 대간 벼슬을 하다가 적소에서 억울하게 죽은 사람으로 강직한 선비이니 마땅히 친분을 맺음이 옳을 것이오. 그 집에 소저가 있는 줄은 몰랐소."

"그 소저의 용모와 덕행이 일세에 뛰어나니 더 여쭐 말씀이 없습니다. 저는 매파 일을 본 지 삼십여 년에 왕공과 재상댁을 다니며 많은 신부를 보았으나, 이같이 요조현철한 소저를 보기는 처음이니 두 번 묻지 마십시오."

"우리는 미색을 취하려는 것이 아니니, 현숙한 덕행이 있는 소저라야 하오."

"사 소저는 덕행과 용모가 출중합니다. 대감이 제 말씀이 믿기지 않으시거든 사 소저의 현불현(賢不賢)을 다시 알아보십시오."

매파는 사 소저를 극력 찬양하고 다짐하였다.

매파가 돌아간 뒤에 유공은 두 부인과 상의하였다. 그러자 두 부인이 묘한 제안을 하였다.

"사람의 덕행과 성질은 필법에 나타나니 사 소저의 필체를 얻어 봅시다. 우화암(羽化庵)의 묘혜(妙慧)를 보내서, 우화암에 시주하려던 관음화상에 관음찬을 짓도록 청하라고 해 봅시다. 사 소저의 친필을 보면 재덕을 짐작할 수 있고 또 그것을 청하러 갔을 때 사 소저의 선을 보고 올 것이니, 묘혜는 매파처럼 좋은 말만 하지는 않을 것입니다."

"그거 참 묘안이다. 그러나 관음찬은 짓기가 쉽지 않을 텐데, 어린 여자의 글재주로 어찌 감당할 수 있을까?"

"어려운 글을 짓지 못하면 어찌 재원이라 하겠습니까?"

유공이 누이의 말이 옳다 여기며 재촉하자, 두 부인이 사람을 우화암으로 보내서 묘혜 스님을 불러왔다.

"사 씨 댁과 결친하려고 하나 신부의 재덕과 용모를 알 길이 없으니, 이 관음화상을 가지고 가서 사 소저에게 관음찬을 받아다 주시오. 그 필체를 보고자 하는 것이오."

하고 화상을 내주면서 간곡히 부탁하였다.

묘혜가 그 화상을 받아 가지고 사 급사 집으로 갔다. 소저의 모친은 본디 불법을 좋아하였기 때문에 전부터 출입하던 묘혜가 오자 곧바로 불러들였다.

묘혜가 안부 인사를 하자 부인이 반겨하면서,

"오래 보지 못하였더니, 오늘은 무슨 바람이 불어서 우리 집에 왔소?"

"아시는 바와 같이 소승의 암자가 퇴락하여 금년에 정재를 얻어서 중수하느라 틈이 없었습니다. 이제 역사가 끝났으니, 부인께 한 가지 청이 있어서 왔습니다."

"불사(佛事)를 위한 일이라면 어찌 시주를 아끼겠소. 빈한한 집에 재물이 없어서 크게는 시주하지 못하겠지만 청하는 것이 무엇이오?"

"소승이 청하려는 것은 재물 시주가 아니옵고, 소승에게는 금은 이상으로 귀중한 일입니다."

"궁금하니 어서 말해 보시오."

부인은 묘혜의 말이 의아해서 재촉하였다.

"소승의 암자를 중수한 뒤에 어떤 시주댁에서 관음화상을 보내 주셨는데, 이 화상은 당인(唐人)의 명화입니다. 그런데 그 그림 뒤에 제명(題名)과 찬미의 글이 없는 것이 큰 흠이라, 댁의 소저께 금석 같은 친필로 찬문을 지어 주십사 하고 청하러 왔습니다. 찬문은 산문의 보배라 그 공덕이 칠보를 시주하는 것보다도 더 중하고, 찬문을 써 주신 소저 또한 수명이 장원하실 것입니다."

"스님의 말이 고맙소. 우리 집 아이가 비록 고금시문에 통하나 이런 글을 지을 수 있을지 좌우간 시험 삼아 물어봅시다."

하고 시녀에게 소저를 불러오라고 명하였다.

이윽고 소저가 나와서 대령하였다. 묘혜가 한 번 소저를 본즉 용모가 아름답고 기이한 우아함에 실로 관음보살이 강림한 듯 황홀하였다. 묘혜는 심중으로 놀라며 생각하되,

'속세에 어찌 이런 아름다운 소저가 있으랴.'

감탄하면서 합장 배례하고 물었다.

"소승이 사 년 전에 소저께 뵈 온 일이 있었는데 기억하고 계십니까?"

"스님을 어찌 잊었겠소."

소저와 묘혜의 인사가 끝난 뒤에 부인이 소저에게 물었다.

"스님이 멀리 찾아와서 네 필체로 관음찬을 써 달라고 하시는데, 네가 그 글을 지을 수 있겠느냐?"

"소녀에게 지으라고 하시더라도 제 재주로 어찌 감당하겠습니까? 더구나 시부 짓는 것은 여자로서 경계할 일이라 하였으니, 아무리 스님의 청일지라도 어려울 것 같습니다."

"소승이 구하는 것은 원래 시부가 아니옵고, 관음보살님의 그 높으신 공덕을 찬양코자 할 따름입니다. 관음보살님은 본디 여자의 몸이시니 여자의 글을 받아야 좋을 것이옵니다. 그러니 소저가 아니면 누가 이 글을 지을 수 있겠습니까? 이런 소승의 간청을 소저는 물리치지 마십시오."

부인 또한 은근히 딸에게 권하고 싶어 하는 눈치로 말했다.

"네 재주가 미치지 못하면 하는 수 없지만 그 글은 보통의 무익지문(無益之文)과는 다르니 웬만하면 지어 보는 것이 어떻겠느냐? 나도 보고 싶다."

이에 묘혜가 얼른 싸 가지고 온 책보를 풀어서 관음보살의 화상을 펼치니, 화폭 위에 바다 물결이 끝이 없었다. 그 가운데에 외로운 정자가 서 있는데 관음보살이 흰 옷을 입고 머리도 빗지 않은 채 어린 사내아이를 품에 안고 물결을 헤치고 앉아 있는 그림이었다. 그 화법이 매우 기묘하여 관음보살과 동자가 마치 살아서 움직이는 듯했다.

그 그림을 본 사 소저가 머리를 한 번 갸웃하면서 말하였다.

　"내가 배운 것은 유가의 글뿐이라서 불서(佛書)는 알지 못하오. 비록 찬사를 시작하더라도 스님의 마음에 차지는 못할 것입니다."

　"소승이 듣건대, 푸른 연잎과 흰 연근은 한 생명이요, 석 씨의 자비가 공 씨의 인(仁)과 한가지라 하니, 소저께서 비록 불서를 모르시더라도 유가의 글로써 보살을 칭송하면 더욱 좋을 듯합니다."

　사 소저는 그제야 더 사양하지 않고 손을 정결히 씻은 뒤에 관음화상의 족자를 벽에 걸어 모시고 분향 배례하였다. 그리고 채필을 들고 앞으로 가서 관음찬 일백이십 자를 족자 밑 여백에 가늘게 쓰고, 다시 그 아래에 연월일과 '정옥은사 배작서(精屋隱士 拜作書)'라고 서명하였다.

　묘혜가 그 글의 뜻과 글씨의 모양을 크게 칭찬하며 유공댁으로 돌아왔다.

　묘혜의 회답을 기다리고 있던 유공과 두 부인은 묘혜가 돌려주는 관음화상의 족자를 받으며 물었다.

　"그 소저를 자세히 보았소?"

　"족자에 그려진 관음과 같은 용모였습니다."

하고 사 급사 댁의 모녀와 주고받은 이야기를 자세히 고하였다.

유공이 묘혜의 말을 듣고 매우 기뻐했다.

"이 관음찬의 글과 글씨를 보니 그 재주와 덕행이 보통사람은 아니구나."

족자를 걸고 다시 보니, 글이 청아 쇄락하고 필법이 정묘하여 한 곳도 구차한 데가 없었다. 온화하고 유순한 덕이 글에 나타난 듯하여 두 부인이 칭찬하여 마지않았다.

유공과 두 부인이 관음찬을 보고 칭찬하여 마지않으며, 매파를 사가(謝家)로 보내서 통혼하려고 부탁하였다.

"사 소저의 덕행을 알았으니 잘 부탁하오. 그 댁의 허혼을 받아 오면 후하게 상을 주겠소."

매파가 기뻐하며 장담을 하고 사 급사의 집으로 향하였다.

사 소저는 개국공신 사일청의 후예요, 사후영의 딸이었다. 후영이 본디 청렴 강직하여 조정의 소인배가 꺼려 하던 인물이었다. 마침 소인배가 반란을 음모할 적에 사후영이 대간의 언관으로 있었으므로 간신들의 작당 농권을 분하게 여겨 여러 번 상소하다가 도리어 간신들의 모해를 받고 소주로 귀양 갔다가 거기서 죽었다.

그러나 부인은 비분을 참고 고향 본집에 돌아와, 슬픈 세월을 보내면서 소저를 애지중지 길렀다. 소저가 점점 크면서 그 용모와 재덕이 기이함은 말할 것도 없이, 증자(曾子)와 같이 편모를 지성으로 받들어 봉양하며 모녀가 서로 의지하며 살아왔다. 딸이 성장하여 혼기가 되었으나 주혼될 사람과 방도가 없어서 근심으로 세월을 보내고 있었다.

그러던 차에 매파가 찾아와서 소저의 용모 자색을 칭찬하면서 말하였다.

"제가 유 씨 문중의 명을 받자와 귀댁 소저와 혼인하겠다는 뜻을 전하러 왔습니다. 신랑 되실 유 한림으로 말하면 소년 등과하여 벼슬이 한림학사에 이르고 풍채와 문장 재화가 일세에 압도하니 귀댁 소저의 용색과 일대 가연인가 하옵니다."

부인은 이미 유 한림의 풍채가 출중하다는 소문을 들었으므로 기꺼워하였으나, 인륜의 대사를 매파의 말만 듣고 가볍게 허혼할 수가 없었으므로 소저가 아직 유약하다는 핑계로 시원한 대답을 주지 않았다.

매파가 하는 수 없이 그냥 돌아와서 사실대로 보고하자, 유공은 크게 실망했다.

유공은 고민 끝에, 이튿날 직접 신성현으로 가서 지현(知縣)을 찾아보고 정중한 중매를 부탁하였다.

"아들의 호사로 사가(謝家)에 매파를 보냈더니 규수의 모친이 규수의 유약을 핑계로 허혼하지 않으니, 귀관이 나를 위하여 사가에 가 주시는 수고를 아끼지 마시오."

"선생님의 말씀을 어찌 범연히 듣겠습니까?"

"가시거든 다른 말은 하지 마시고 다만 고(故) 사 급사의 청덕을 흠모하여 구혼한다는 말만 전해 주시오. 그러면 반드시 허혼할 줄로 믿습니다."

유공이 부탁하고 돌아간 뒤에 지현이 사가로 찾아가서 부인에게 만나기를 청했다. 다른 일로는 찾아올 리가 없는 지현의 방문이라, 부인은 요전에 매파가 와서 청하던 혼사인 줄로 짐작하고 손님을 청해 들일 준비를 하였다.

부인은 딸을 미리 객당의 옆방에 깊이 숨겨 두고, 노복을 시켜서 지현을 인도하여 들였다. 우선 주과를 잘 차려서 대접한 뒤에 부인은 시비에게 전언(傳言)하였다.

"성주께서 친히 누추한 곳에 오셔서 위로하여 주시니 저의 집의 영광이옵니다."

지현이 부인의 인사 전언을 공손하게 다 들은 뒤에 시녀에게 전언하였다.

"소관이 귀댁을 찾아온 것은 다름이 아니라 귀댁 소저의 혼사를 꼭 이루어 드리고자 합니다. 전임 이부시랑참지정사 유공현이 귀 소저가 재덕을 겸비하고 자색이 비상함을 듣고 기특히 여길 뿐 아니라 사 급사의 청명 정직함을 항상 흠앙하시어, 귀댁 소저를 며느리로 삼고자 하옵니다. 유공의 아들은 장원하여 벼슬이 한림학사에 이르렀고, 천자가 지극히 총애하시니 사람마다 사위를 삼고자 하나, 유공은 그 많은 구혼을 모두 물리치고 귀댁 소저에게만 청혼하시니, 부디 허락하시면 내가 돌아가 유공을 뵈올 낯이 있을까 합니다."

부인이 대답하였다.

"용우(庸愚)한 여식이 재덕이 부족하고 용모 또한 취할 것이 없는데, 성주께서 이처럼 친히 오셨으니 어찌 사양하오리까. 성주께서는 돌아가셔서 쾌히 통혼하겠다는 뜻을 전해 주십시오."

지현이 크게 기뻐하고 돌아와서 유공에게 사 급사 집에 찾아가 했던 말과 부인이 허혼했단 말을 전했다. 유공은 기뻐하면서 지현의 수고를 치하하였다.

그리하여 곧 택일하고 혼례 준비를 시작하는 한편 사 급사의 청렴결백으로 가세가 빈한함을 알기 때문에 납폐를 후하게 보내었다.

그러나 유공은 아들의 성혼을 보지 못하고 세상을 떠난 부인 최 씨를 생각하고 비회를 금하지 못하였다.

어느덧 길일이 되니 양가에서 큰 잔치를 베풀고 예식을 행하여 남풍여모(男風女貌)가 발월하여 봉황의 쌍을 이루었다. 신부의 모친이 신랑의 신선 같은 풍채를 사랑하여 딸과 아름다운 쌍을 이룬 것을 즐기면서도 남편 급사가 그 모양을 보지 못함을 섭섭해하며 옷깃을 눈물로 적시었다.

신랑이 신부와 함께 집으로 돌아와서 신부가 폐백을 드리자, 유공과 두 부인이 눈을 들어 비로소 신부의 모습을 보니 용모의 아름다움은 말할 것도 없고 현숙한 덕성이 나타나서 기쁨을 이기지 못하였다.

"나의 자부는 참으로 태임과 태사의 덕을 갖추었으니, 어찌 세속의 여자에 비하겠느냐."

유공이 며느리를 치하한 다음, 시녀를 불러 작은 상자 하나를 가져오게 하였다. 그러고는 그 속에 든 보경 한 좌와 옥지환 한 쌍을 내어 신부에게 주었다.

"이 물건이 비록 별것 아닌 듯하나, 우리 집안에 대대로 전해 내려오는 물건이다. 내가 지금 신부를 보니 맑기가 거울 같고 덕이 옥과 같구나. 그러므로 이것을 주니, 나의 정으로 알아라."

사 씨는 일어나 절하고 그것을 받아 들었다.

사 씨는 이때부터 효도를 다하여 존구를 받들고, 공손하게 군자를 섬기고, 정성껏 제사를 받들며, 아랫사람을 부릴 때는 은혜로써 하니 규문이 평화롭고 화기애애했다.

그러던 어느 날 유공이 우연히 병을 얻어서 백약이 소용없었다. 유공이 소생하지 못할 것을 깨닫고 두 부인에게 길이 탄식하며 유언하였다.

"나는 이제 죽을 듯하니, 현매(賢妹)는 너무 슬퍼 말고 가사를 주관하여 그릇됨이 없게 하라."

또 아들 한림의 손을 잡고 말하였다.

"너는 앞으로 가사를 고모와 상의하여 가헌을 빛내도록 하라. 네 아내는 덕행과 식견이 높으니 가부를 불의로 섬기지 않을 것이니 공경하고 화락하라."

며느리 사 씨에게도,

"너의 현부(賢婦)로서의 요조한 덕행에 감복하고 있으니, 안심하고 세상을 떠날 수 있다."

하고 마지막까지 칭찬하고 신임하였다.

유족들에게 일일이 유언한 유공이 그날 엄연한 자세로 별세하자, 한림 부부의 호천 애통은 비할 데 없었고 두 부인 또한 몹시 슬퍼하였다.

상일(喪日)에 임하여 영구를 선영에 안장하고 한림 부부가 집상하니, 애회(哀懷)가 뼈에 사무쳤다. 통곡하는 정상이 모든 사람의 눈물을 자아내며 효성에 탄복하지 않는 자가 없었다.

세월이 물 흐르듯이 빨라서 어느덧 삼상(三喪)을 마치고, 한림은 천자의 명을 받아 조정에 나가 직임을 수행하였다. 조정의 소인을 배척하는 기개가 강직한 그를 천자께서 사랑하시어 높이 들어 쓰시고자 하였으나, 엄 승상이 꺼리고 방해하였으므로 여러 해가 되도록 품계가 오르지 못하였다.

그뿐 아니라 유 한림의 나이가 삼십에 이르렀으나 슬하에 자녀가 없어서 망연하였다. 사 씨가 이를 근심하여 한림에게 호소하였다.

"첩의 기질이 허약하고 원기가 일정치 못하여 당신과 십여 년을 동거하였으나 희망이 보이지 않습니다. 불효삼천 가지 죄에 무자(無子)의 죄가 가장 크다 하였으니, 첩의 무자한 죄가 존문에 누가 되나 당신의 관용하신 덕으로 지금까지 부지해 왔습니다. 그러나 곰곰이 생각하니, 당신은 누대독신(累代獨身)으로 이대로 가다가는 유 씨 종사가 위태로우니, 첩을 개의치 마시고 어진 여인을 취하여 득남득녀하면 가문의 경사일 뿐 아니라 첩의 죄도 면할 수 있을까 합니다."

유 한림은 허허 웃고서 부인을 위로하여 말하였다.

"소생이 없다 하여 당신을 두고 어찌 첩을 얻을 수가 있겠소. 첩이 들어오면 집안이 어지러워지는 것은 당연한데, 당신은 왜 화근을 자청하는 거요? 그것은 천만부당하니 그런 생각은 하지 마시오."

"첩이 비록 용렬하나, 세상 보통 여자의 투기를 잘 알고 경계하겠으니 첩의 걱정은 마십시오. 재상가에서 일처일첩은 옛날에도 있어 온 일이니, 첩이 비록 덕이 없으나 세속 여자의 투기는 본받지 않겠습니다."

이 말을 듣던 고모 두 부인이 한림 부부의 사정을 살피며 말했다.

"듣건대 옛날에 관저와 수목은 진실로 태자의 투기함이 없었기 때문에 도리어 덕이었다. 만일 문왕이 미색을 탐하시고 의종이 편벽하셨으면 태사 같은 부인일지라도 투기를 하지 않았겠느냐. 지금 시속이 옛날과 다르고 성인과 범인의 길이 다른데, 어찌 투기가 생기지 않으리라고 장담하느냐. 공연히 헛된 이름을 탐하여 화를 부르지 않도록 함이 좋다."

"제가 어찌 옛 성인만 앙모하겠습니까마는 시속 부녀가 인륜을 모르고 질투를 일삼아 가도를 문란케 하는 것을 한탄하는 바이오니, 첩이 비록 어리석어도 그런 패악을 행하겠습니까. 제가 비록 어리석으나 몸을 반성하지 못하고 요색에 침혹하는 일은 결코 않겠습니다. 그보다도 가문을 이을 후손을 보는 것이 더욱 중합니다."

사 씨의 뜻이 이미 굳게 정한 것을 보고 탄식하였다.

"네 뜻은 매우 갸륵하다. 그러나 새로 들어올 사람이 너 같은 현부의 말을 잘 들으면 다행이지만, 그렇지 않을 경우 내 말을 생각하고 뉘우칠 테니 그런 일이 없기를 바란다."

하고 두 부인이 자기 집으로 돌아갔다.

이튿날 매파가 와서 사 씨에게 말하였다.

"한 곳에 마땅한 여자가 있는데, 부인이 바라고 구하는 뜻에 맞을까 합니다."

"내가 구하는 여자가 어떤 이인 줄 알고 하는 말이오?"

사 씨가 묻자 눈치 빠른 매파가 말했다.

"부인께서 구하는 사람은 믿음직하고 덕이 있으며 몸이 건강하여 아들을 낳아서 후손을 이을 수 있는 여자가 아니겠습니까. 그렇지 못하고 용모와 재색만 잘난 여자는 부인의 뜻에 합당치 못할 줄로 압니다."

"그래요? 나를 떠보려고 하지 말고, 그 여자의 근본을 자세히 말해 보시오."

"양반댁 사람으로서 성은 교요, 이름은 채란인데, 조실부모하고 지금은 그의 형의 집에 의탁하고 있습니다. 방년 십육 세랍니다."

사 씨는 남편 한림에게 매파의 말을 전하면서 권하였다.

"양반댁 딸이라면 성품과 행실이 무지하진 않을 거라고 생각합니다."

"내가 소실을 두는 것은 바쁘지 않소. 그러나 부인의 말을 저버릴 수 없어 받아들이겠으니 택일해서 데려오시오."

그리하여 곧 그 집에 통혼하고 집에서 친척을 모아 간략한 잔치를 연 다음 교 씨를 둘째 부인으로 데려왔다. 교 씨는 유 한림과 부인에게 절하고 자리에 앉았는데, 자태가 매우 아름답고 거동이 경첩하여 마치 해당화 꽃가지가 아침 이슬을 머금은 듯이 고와서 칭찬하지 않는 사람이 없었다. 그러나 두 부인 혼자만은 안색이 어두운 채 한마디도 말을 하지 않았다.

날이 저물자 교 씨를 화원 별당에 머무르게 하고, 유 한림이 들어가 밤을 지냈는데 두 남녀의 정분이 각별하였다.

이때 두 부인이 질부 되는 사 씨에게,

"둘째 사람은 마땅히 순직하고 유순한 여자를 얻어야 하는데 잘못 택한 것 같다. 저토록 절색가인을 얻었으니, 만일 성품이 어질지 못하면 장차 집안이 평온치 못할 것 같아서 걱정이다."

하고 미리 걱정하였다. 그러나 사 씨는 태연한 태도로 말했다.

"옛날 위장강은 고운 얼굴과 공교로운 웃음으로 현덕지덕을 이루어 절대가인이 반드시 간교하지 않다는 것을 증명하고 있는데, 색이 곱다고 어찌 어질지 않겠습니까?"

"장강은 어진 부인이었지만 자색은 그리 곱지 못하였던 모양이다."

하고 두 사람은 서로 웃었다.

그러나 이튿날 두 부인은 사 씨에게 재삼 새로 맞은 교 씨를 조심하라고 일렀다.

유 한림은 교 씨 처소의 당호를 고쳐서 백자당(百子堂)이라 하고, 시비 납매 등 다섯 명으로 교 씨의 시중을 들게 하였다.

교 씨는 총명하고 명민하기는 하나 교활하고 간사하여 유 한림의 마음을 잘 맞추고, 본부인인 사 씨도 잘 섬겼으므로 집안 사람들이 칭찬하여 마지않았다.

반년이 채 못 되어서 교 씨 몸에 태기가 있자 유 한림과 사 씨는 매우 기뻐하였다.

한편 간사한 교 씨는 아들을 낳지 못할까 미리 염려한 나머지 여러 무당을 불러서 물었지만 어떤 자는 '아들'이라고 하고 어떤 자는 '딸'이라고도 하였다. 그리고 또 아들을 낳으면 단명하고 딸을 낳으면 장수한다는 점괘 풀이도 나왔다. 교 씨는 이런 무당들의 불길한 점괘에 마음을 놓지 못한 채 근심으로 지냈다.

하루는 시비 납매가 교 씨에게 이상한 말을 속삭였다.

"동리에 십랑이라는 여자가 있습니다. 본디 남방 사람으로서 여기 와서 우거 중인데 재주가 비상하여 모르는 것이 없으니 그 사람을 불러다가 물어보십시오."

교 씨가 그 말을 듣고 기뻐하며 곧 자기 거처로 불러들였다.

"임자는 뱃속에 든 아기가 남자인지 여자인지 분간해 내는 재주가 있소?"

"제가 비록 식견이 밝지 못하오나, 수태한 사람의 남녀를 분별하는 것이야 뭐 어렵겠습니까? 부인의 손을 잠깐 빌려 주시면 진맥한 후에 정확하게 판단해 올리겠습니다."

교 씨가 팔을 걷고 맥을 짚어 보이자, 십랑이 잠시 맥을 짚어 본 뒤에

"여맥입니다."

하고 말하였다. 교 씨는 그의 말에 깜짝 놀라며 물었다.

"대감께서 나를 이 댁으로 들여놓으신 것은 한갓 색을 취하심이 아니라 아들을 얻고자 하심인데, 만일 내가 딸을 낳으면 낳지 않은 것만 못할 것이니 장차 이 일을 어쩌면 좋겠소?"

"제가 일찍이 산중에 들어가서 도인을 만나서 수업하고 복중의 여맥을 남태로 변화시키는 술법을 배운 바 있습니다. 그 뒤에 그 술법을 시험해 보았더니 영험이 백발백중입니다. 부인께서 꼭 아들을 원하시면 저의 그 묘한 술법을 한 번 시험해 보십시오."

교 씨가 반색을 하고 그 술법으로 다행히 생남하면 천금을 아끼지 않고 후한 상을 주리라고 약속하였다.

십랑은 그 술법이 매우 어렵다고 말하고, 문방사우를 청하여 기묘한 부적을 여러 장 써서 기괴한 비방을 많이 한 후에 교 씨의 방 안 곳곳과 잠자리 속에 감추어 두었다.

"저의 술법은 끝났습니다. 금후 만삭이 되면 반드시 옥동자

를 낳으실 것입니다. 그때 다시 와서 득남 하례와 함께 후한 상금도 받을까 합니다."

하고 십랑은 자신만만하게 돌아갔다.

그 후 어느덧 열 삭이 차자, 교 씨는 과연 순산 득남하였다. 어린아이의 이목이 깨끗하고 빼어나며 크기가 세 살 된 아기만 하였다.

한림은 본부인 사 씨와 함께 기뻐했고 노복들도 모두 경희하며 칭송하였다.

교 씨가 남아를 낳은 뒤로는 유 한림의 교 씨에 대한 대접이 더욱 두터워지고 사랑이 비할 데 없어 백자당을 떠난 일이 없었고, 아들의 이름을 장주라 하여 손안의 보옥같이 여겼다. 더구나 본부인 사 씨는 아기에 대한 정이 극진하여, 누가 낳은 아이인지 모를 정도로 아꼈다.

때는 마침 늦봄이라 동산의 백화가 만발하여 경치가 아름다웠다. 유 한림이 황제를 모시고 서원에서 잔치를 열어 집에 일찍이 돌아오지 못하였다. 이때 사 씨가 홀로 책상에 앉아 글을 보고 있었는데, 시녀 춘방이 와서,

"지금 화원 정자에 모란꽃이 만발하였으니 구경하십시오. 대감께서 아직 돌아오지 않았으니 한가로운 이때에 한 번 화원에 소풍하시고 꽃구경하십시오."

하고 권하였다.

사 씨가 반가운 소식이라고 곧 책을 덮고 옷을 가볍게 갈아입은 뒤에 시녀 오륙 명을 거느리고 연보를 옮겨서 화원의 정자에 이르렀다. 버들 그늘이 정자의 난간에 기대고 꽃향기가 연못에 젖었으며 그윽한 경치가 매우 고요하여 봄경치가 매우 즐길 만하였다.

사 씨가 시녀에게 차를 명하고 교 씨를 청하여 함께 봄경치를 구경하려던 참에 바람결에 문득 거문고 소리가 은은히 들려왔다. 사 씨가 이상히 여기고 귀를 기울이고 가만히 들으니, 그 소리가 매우 맑아서 비취가 옥쟁반에 구르는 듯 능히 사람의 마음을 움직일 만하였다. 사 씨가 좌우 시녀에게 물었다.

"이상하구나. 누가 저렇게 거문고를 타는 것이냐?"

"그 거문고 소리는 교 낭자 침소에서 나는 성싶습니다."

"아닐 게다. 음률은 아녀자가 할 도리가 아닌데, 교 낭자가 어찌 그리 하겠느냐. 듣는 것이 보는 것만 못하니, 너희는 모름지기 소리 나는 곳으로 가 보고 자세히 알아봐라."

시비가 사 씨의 명을 받들어 그 거문고 소리 나는 곳으로 찾아가 보니 과연 백자당이었다. 시녀가 밖에서 안을 엿보았더니, 교 씨가 음식을 한 상 가득 차려 놓고 섬섬옥수로 거문고를 희롱하고 한 사람의 미인이 화려한 의상으로 마주 앉아서 노래를 부르고 있었다. 시비가 자기의 눈을 의심하며 몇 번 자세히 본 뒤에 돌아와서 사 씨에게 사실대로 고하였다.

사 씨는 매우 못마땅하게 여기고 교랑이 어느 사이에 거문고를 배웠으며 또 노래를 부르는 사람은 누구냐고 노하였다. 그리고 교 씨를 불러서 좋은 말로 훈계한 후에 다시는 그런 일이 없게 할 생각이었다. 그리고 곧 시비를 보내어 교 씨를 데려오라고 명하였다.

이때 교 씨는 십랑의 술법으로 아들을 낳은 후 유 한림의 사랑이 두터워지자 십랑과 더욱 친해졌다. 그 뒤로 교 씨는 십랑의 힘과 방자로 유 한림의 총애를 독점하기 위해 음률로 유 한림의 마음을 매혹시키고 농락하려고 거문고와 노래까지 배우게 되었던 것이다.

"부인이 유 한림의 총애를 더 얻으려면 음률을 배우는 것이 좋을 것이옵니다. 거문고와 노래는 장부를 혹하게 하는 마술이니 거문고 잘하는 사람을 스승으로 삼으십시오."

"나도 그런 마음이 있으나 그런 사람을 구할 길이 없다. 누굴 소개해 줄 수 있느냐?"

"거문고 잘 타는 여자가 하나 있는데 이름이 가랑이라 하옵니다. 거문고와 노래의 명수이니, 청하여 배우시면 어떻겠사옵니까?"

교 씨가 좋다고 하며 십랑을 통해서 가랑을 백자당으로 불러 들였던 것이다. 가랑은 원래 화방 계집으로서 온갖 풍악에 능숙 하였는데, 교 씨의 부름을 받고 와서 곧 뜻이 맞아 사귀게 되었 다. 교 씨는 본래 영리하고 총명하였기 때문에 가랑에게 음률을 배우기 시작하자 거문고와 노래 솜씨가 일취월장하였다. 교 씨 는 음률의 스승이자 이야기 친구인 가랑을 옆방에 숨겨 두고 유 한림이 조정에 나가고 없는 틈에 음률을 배웠다. 그리고 유 한 림이 집에 있을 때는 그 배운 솜씨의 음악으로 유 한림의 심정 을 혹하게 해서 총애를 독점하게 되었다. 그러다 보니 유 한림 은 사 씨와는 점점 멀어져서 침소에도 얼씬을 하지 않았다.

그날도 유 한림이 조정에 나가고 집에 없었으므로 술과 요리 를 차려 놓고 가랑과 함께 술을 즐기면서 거문고와 노래를 주고 받고 있었는데, 사 씨의 시비가 와서 명을 전하고 같이 가자고 재촉하였다. 교 씨는 황급히 주안상을 치우고 시비를 따라 사 씨가 있는 화원의 정자로 가지 않을 수 없었다.

사 씨는 넌지시 좋은 낯으로 맞아서 자리에 앉힌 다음 조용히 물었다.

"교랑의 침소에 와 있는 미인이 누구더냐?"

"친정 사촌동생입니다."

교 씨가 거짓말을 하자, 사 씨가 엄숙한 태도로 정색을 하고,

"아녀자의 행실은 출가하면 시부모 봉양과 낭군 섬기는 여가에 자녀를 엄숙히 교육하고 비복을 은혜로 부리는 것이 천직이 아닌가. 그런데 방종하게 음률과 노래로 소일하면 가도가 자연 어지러워지니 교랑은 잘 생각하고 다시는 그런 일이 없도록 조심하게. 그리고 그 여자는 곧 제 집으로 보내고, 이런 내 말을 고깝게 여기지 말게."

"제가 배우지 못하여 그런 잘못을 깨닫지 못하였다가 이제 부인의 훈계 말씀을 들었으니 각골명심하겠습니다."

사 씨는 재삼 위로하고 조금도 오해하지 말라고 자상하게 일렀다. 그리고 날이 저물도록 화원에서 꽃구경을 하면서 즐겁게 지냈다.

그날 유 한림이 조정에서 돌아와 백자당에 들렀으나, 술이 취하여 잠을 이루지 못하다가 난간에 기대서 봄밤의 경치를 바라보았다. 달빛은 낮같이 밝고 꽃향기 그윽하여 취흥이 느껴졌는지, 교 씨에게 거문고를 타고 노래를 하라고 청했다. 그러자 교 씨가 딴청을 부렸다.

"바람이 차서 감기가 들었는지 몸이 불편하여 못하겠으니 용서하십시오."

"허허, 그게 무슨 말인고. 아녀자의 도리는 남편이 죽을 일을 하라고 해도 어겨서는 안 되는 법인데, 그대가 병 핑계로 내 말

을 거역하니 무슨 못마땅한 일로 그러는 것이 아닌가?"

"실은 제가 아까 심심하여 노래를 부르고 있었더니, 부인이 불러서 책망하기를 네가 요괴스럽게 집안을 어지럽게 하고 한림을 혹하게 하니 다시 그런 행동을 말라고 꾸중하셨습니다. 만일 또다시 노래를 부르면 칼로 혀를 끊고 약을 먹여 벙어리로 만든다 하셨습니다. 제가 본디 비천한 계집으로 대감의 은혜를 입사와 부귀영화가 이같이 되었으니 지금 죽어도 한이 없습니다. 그러니 제가 지금 부르시라는 노래를 못하는 고충을 짐작하시고 용서하여 주십시오. 더구나 대감의 청덕이 저의 잘못으로 흠이 되고 흐려지실까 두렵습니다."

교 씨가 공교로운 말로 은근히 사 씨를 좋지 않게 중상하자, 유 한림이 깜짝 놀라면서 속으로 본부인 사 씨의 질투라고 생각하고 교 씨를 위로하였다.

"내가 그대를 취함이 모두 부인의 권고로 이루어진 것이요, 지금까지 한 번도 그대에 대하여 나쁘게 말하는 것을 본 일이 없었다. 이제 부인이 그대에게 그런 책망을 한 것은 필경 비복들이 부인에게 참언으로 고자질했기 때문이 아닐까 한다. 부인은 본디 성품이 유순한 사람이라 결코 그대를 해치려고 할 리가 없으니 부질없는 염려는 말고 안심하라."

교 씨는 가슴이 투기로 타올랐으나 대범한 유 한림의 말에는 잠자코 있었다. 그것이 더욱 유 한림의 동정을 사게 되었다.

속담에도 '범의 그림에서는 뼈를 그리기 어렵고, 사람의 사귐에는 마음을 알기 어렵다.'고 하듯이, 교 씨가 교언영색으로 겉으로는 겸손한 태도를 보이지만 겉 다르고 속 다른 본심을 갖고 있다는 것을 사 씨 부인이 어찌 알겠는가.

사 씨가 교 씨를 훈계한 것은 조금도 질투에서 나온 사심이 아니었다. 다만 음란한 노래로 장부의 마음을 미혹할까 염려한 것보다는, 실로 교 씨가 정숙한 여자의 몸가짐을 갖기 바라는 마음에서 충고한 것이었다. 그러나 교 씨는 사 씨의 충고에 원한을 품고 교묘한 말로 유 한림에게 참언을 하여 집안의 분란을 일으키고 있으니, 이것이야말로 교 씨의 요악한 투기라고 할 수밖에……

이때 유 한림의 친한 벗 하나가 자기의 집사로 있던 남방 사람 동청을 천거하여 문객으로 두라고 권하였다. 유 한림이 마침 집사를 구하던 중이라 집에 두고 집일을 보게 하였다.

동청은 영리하고 민첩하여 남의 마음을 잘 맞추어서 영합하기를 잘하였다. 친구도 그의 간악함을 알고 있었지만, 외임으로 떠나게 되자 동청의 허물은 전혀 말하지 않고 유 한림에게 천거했던 것이다.

유 한림이 동청을 불러서 사람됨을 보았을 때에 동청의 언사

가 민첩하여 흐르는 물 같았다. 유 한림은 믿는 친구의 추천에
다 그처럼 영리하였으므로 곧 집에 두고 서사(書士)의 일을 맡
겼다. 그런데 동청이란 위인은 간사하고 교활하여 유 한림이 하
고자 하는 것을 미리 알아차리고 비위를 잘 맞추었으므로 순진
한 유 한림은 그를 믿어 일마다 그의 말을 따랐다.

그런 동청의 태도를 본 사 씨가 한림에게 귀띔하였다.

"들리는 말에 동청의 위인이 정직하지 못하다 하니, 큰일을
저지르기 전에 내보내는 것이 좋을까 합니다. 전에 있던 곳에서
도 요악한 일을 많이 하다가 일이 탄로되어 쫓겨났다 하니 곧
내보내십시오."

"남의 얘기로 그른지 옳은지를 알 수 없고 친구의 추천으로
받아들였으니, 좀 두고 보아야 할 것 아니오. 또한 그의 재주만
을 구하는 것이니, 그의 됨됨이를 의논하여 무엇하겠소."

"부정한 사람을 두었다가 집안의 법도가 어지럽혀질까 걱정
되옵니다. 만일 그런 표리부동한 사람 때문에 돌아가신 부모님
의 가법을 더럽힐까 두렵습니다."

"부인의 말이 도리에 어긋남이 없으나, 세상 사람들이 남을
중상하기 좋아해서 하는 말인지도 모르니 좀 두고 보는 것이 어
떻겠소."

사 씨는 남편 유 한림의 태도가 못마땅하였다. 그전에는 이런

문제로 이만큼 말하면 자기의 말에 따랐는데, 이렇게 고집하는 남편의 태도가 이상스럽게 느껴졌다.

사실 유 한림으로서는 사 씨를 신임하는 정도가 전과는 분명히 달라져 있었다. 첩 교 씨의 참소로 유 한림이 자신을 의심하는 줄을 사 씨는 아직도 모르고 있었기 때문에 말만 길어지고 결과는 얻지 못하였던 것이다.

그 후로 동청은 큰집 살림의 집사로 일을 보았다. 그가 유 한림의 비위 맞추기에 노력하였으므로 유 한림은 사 씨의 충고도 공연한 말이라고 다 잊어버리고 더욱 신임하면서 중요한 가사를 거의 일임하였다.

교 씨는 점점 노골적으로 사 씨를 참소하였으나 아직도 총명이 남은 유 한림은 그저 못 들은 척하면서 집안에 내분이 없기만을 바라는 태도였다.

마침내 질투에 불타게 된 교 씨는 십랑을 불러서 자기의 분한 사정을 말하고 사 씨를 모해할 계교를 물었다. 재물에 매수된 십랑은 묘한 계교를 오래 생각한 뒤에 교 씨의 귀에 입을 대고 이리이리하면 사 씨를 없앨 수 있다고 속삭이고 조금도 근심할 것이 없다고 부추겼다.

"그럼 빨리 서둘러서 내 속을 편히 해 주게."

"염려 마십시오."

십랑이 신이 나서 사 씨를 음해하는 일에 착수하였다.

이때 마침 사 씨의 몸에 태기가 있어서 열 달이 차 순산 득남하였으므로 유 한림이 인아라 이름 짓고 기뻐하였다. 상하비복들까지 단념하였던 본부인이 득남하였으므로 신기하게 여기고, 교 씨가 아들을 낳았던 때보다 몇 배로 경축하였다.

인아가 점차 자라 장주와 어울려 함께 놀았는데, 인아가 비록 나이는 어리나 그 씩씩한 기상이 장주의 나약함과는 현저히 달랐다.

한 번은 유 한림이 밖에서 들어오다 두 아이가 노는 것을 보고 먼저 인아를 안아 어루만지며,

"인아야, 너의 이마가 마치 선인을 닮았구나. 훗날 네가 자라 필시 우리 가문을 빛낼 것이다."

하고 내당으로 들어갔다.

장주의 유모가 그 광경을 보고 들어와 교 씨에게 말하기를,

"대감께서 인아만 안아 주고 장주는 돌아보지도 아니하였나이다."

하며 눈물을 흘리니, 교 씨 또한 속을 태우며 깊이 생각하였다.

교 씨가 이런 유 한림과 집안의 기색을 보고 질투가 더욱 심해져서 간장이 타오르는 듯 어쩔 줄 몰라 했다. 십랑을 또 불러서 이 사실을 전하고 빨리 사 씨를 음해할 비방을 가져오라고

재촉하였다.

십랑은 곧 요물을 만들어서 사방에 묻고, 교 씨의 심복 시비인 납매를 시켜서 이리이리하라고 가르쳐 주었다.

그런 간악한 음모가 비밀리에 진행되고 있는 것은 교 씨, 십랑, 시비 납매 세 사람 외에는 아무도 알지 못하였다.

하루는 유 한림이 조정에 입번하였다가 여러 날 만에 집으로 돌아와 보니 집안의 상하가 황황히 오고갔다. 장주의 병이 깊다는 말에 교 씨 거처인 백자당으로 달려갔다.

교 씨가 유 한림을 보자마자 울면서 호소하였다.

"아이가 홀연히 발병하여 죽을 지경이니 심상치 않습니다. 병세가 체증이나 감기가 아니고 필경 집안의 누가 방자를 해서 귀신이 난리를 일으킨 것이 아닌가 하옵니다."

"설마 그럴 리야 있을까?"

유 한림은 교 씨를 위로하고 아들의 방으로 가서 보니 과연 헛소리를 지르고 가위 눌리는 증세로 위급해 보였다.

유 한림이 우려하여 약을 급히 지어다 달여서 먹이라고 시비 납매에게 이르고 동정을 살폈으나 조금도 차도가 없었다. 유 한림은 낙망하고, 교 씨는 울기를 멈추지 않았다.

유 한림의 총명도 점점 감하여 갔는데 열 번 찍어서 안 넘어가는 나무가 없다는 속담과 같이 교 씨의 말에 귀를 기울이게 되었다. 의심이 늘어서 모든 일에 줏대를 잃게 되었다.

사 씨의 부덕은 옛날 현부에도 비할 바 아니거늘, 교 씨 같은 요인(妖人)이 첩으로 들어와서 집안을 어지럽히고 천미한 여자가 누명을 만들어서 가문을 욕되게 하니, 마땅히 그런 사악한 여자는 엄중히 경계하여야 할 것이다.

이때 교 씨는 교활한 집사 동청과 몰래 사통하고 있었으며, 실로 한 쌍의 요악지물이었다.

교 씨의 침소인 백자당이 밖으로 담 하나로 갈라져 있고 화원의 열쇠 또한 교 씨가 가지고 있었으므로, 유 한림이 내당에서 자는 밤에는 교 씨가 동청을 화원 문으로 불러들여 동침하여 음란을 일삼았다. 그러나 엄중한 비밀의 사통이라 시비 납매만이 알 뿐이었다.

유 한림이 장주의 병이 심상치 않음을 보고 매우 심려하고 있을 때 교 씨마저 칭병하고 식음을 끊고 밤이면 더욱 슬퍼하며 우니, 유 한림의 마음이 편치 않았다.

하루는 납매가 부엌에서 청소를 하다 한 봉의 괴이한 물건 하나를 발견했다면서 유 한림과 교 씨에게 보였다. 그것을 본 교 씨의 얼굴이 흙빛으로 변해서 말을 못하고 앉았다가 이윽고 울면서,

"제가 십육 세 때 이 댁으로 들어와서 남에게 원망 들을 일을

하지 않았는데, 어떤 사람이 우리 모자를 이토록 모해하니 참으로 억울합니다."

유 한림이 그 방자한 물건을 보고 다시 한 번 보고도 입을 다문 채 아무런 말이 없었다.

"한림께서는 이 일을 어떻게 처치하실 생각입니까?"

교 씨가 이 기회에 유 한림의 결의를 촉구하였다. 유 한림은 한참 생각한 끝에,

"일이 비록 간악하지만 집안에 의심할 잡인이 없으니 누구를 지목하여 문초하겠는가. 이런 요예지물은 아무도 모르게 불태워 버리는 것이 좋겠다."

교 씨가 문득 생각난 듯한 표정을 짓다가 참는 척하며,

"한림의 말씀이 지당합니다."

대답하자 유 한림이 안심한 듯 납매에게 불을 가져오라고 명하여 뜰에서 친히 살라 버리고 아무에게도 누설하지 말라고 일렀다.

그러자 유 한림이 나간 뒤에 납매가 교 씨에게 불평스럽게 물었다.

"낭자께서는 왜 한림의 의심을 부채질해서 예정대로 일을 진행시키지 않고 일을 그르쳤습니까?"

"이번에는 한림께 그만 정도로 의심을 심어 준 것만으로도 충

분하다. 너무 급하게 서두르다가는 도리어 의심을 사고 해로울 것이다. 다음 기회에 한림께서 더 결심을 굳게 하시도록 할 것이니 너는 너무 조급히 굴지 말아라. 그만해도 한림의 마음은 이미 움직였으니 때를 기다리기만 하면 된다."

이리이리하자고 납매에게 다음 계교를 말해 두었다.

유 한림이 보니 그 방자한 글씨가 사 씨의 필적이 분명한데, 그 일을 캐면 자연히 집안이 시끄러워질 것 같아 불에 살라서 증거를 없앴던 것이다.

이러한 사정을 모르는 유 한림은 속으로 생각하였다.

'지난번에 교 씨가 사 씨 부인의 투기를 은연중에 비방하였을 때에도 믿지 않았는데, 이런 짓을 할 줄은 꿈에도 생각하지 못하였다. 당초에 대를 이을 아들이 없을 때는 부인이 나서서 교 씨를 첩으로 맞아들이게 하더니, 자기도 자식을 낳게 되자 악독한 계교를 부리는구나. 밖으로는 인의를 베푸는 척하고, 교 씨 소생을 방자로 저주하여 없애려고 하다니……'

그다음부터 유 한림이 사 씨 부인을 대접하는 것이 달라졌다.

이때 사 급사 댁에서 부인의 병환이 위중해지자, 딸을 한 번 보고 싶은 마음에 사돈 유 한림 댁으로 편지를 내었다. 사 씨가 모친의 위독한 기별을 받고 깜짝 놀라서 유 한림에게 말하였다.

"모친의 병환이 위중하시다니, 지금 가 뵙지 못하면 평생의 한이 될 듯합니다. 상공께서 허락하신다면 친정에 다녀올까 합니다."

"장모님 병환이 위독하시면 얼른 가 뵙는 것이 마땅하니, 어찌 만류하겠소. 나도 틈을 타서 한 번 가서 문안드리겠소."

사 씨 부인은 서둘러서 옷을 갖춰 입고, 교 씨를 불러서 자기 없는 사이의 집안일을 부탁한 다음 인아를 데리고 신성현 친정으로 갔다.

모녀가 오래 떠나 있다가 병석에서 딸을 만나니 일희일비하였다.

모친의 노환은 중하였으나 일진일퇴의 증세이므로 사 씨는 병구완을 하느라고 빨리 시가로 돌아오지 못하고 어느새 수개월이 흘렀다.

유 한림의 벼슬은 본디 한가한 직책이라 때때로 틈을 타서 신성현 처가에 들러 문안을 드렸다. 그러다 이 무렵에 산동과 산서와 하남 지방에 흉년이 들어서 백성이 거산하여 사방으로 유랑하게 되었다. 황제가 이 지방의 기황을 들으시고 크게 근심하여 조정에서 덕망 있는 신하 세 사람을 뽑아서 삼도로 나누어보내어 백성의 질고를 살피라는 분부를 내렸다. 이때 유 한림이세 신하 중 한 사람에 뽑혀 급히 산동 지방으로 나가게 되었으므로 미처 사 씨 부인을 보지 못하고 떠났다.

유 한림이 집을 떠난 뒤로는 교 씨가 더욱 마음 놓고 방자해져, 동청과 마치 부부같이 생활하는 데 거리낌이 없었다. 하루는 교 씨가 동청에게,

"지금 한림이 멀리 지방을 순모하고 있으며 사 씨가 오래 집을 떠나서 없으니, 계교를 단행할 가장 좋은 시기요. 장차 사 씨를 없애 버릴 무슨 방법이 없겠소?"

하고 간부의 꾀를 물었다.

"묘계가 있소. 사 씨를 쥐도 새도 모르게 죽여 버리겠으니 걱정할 것 없소."

하고 그 묘안을 귓속말로 설명하자, 교 씨가 반색하였다.

"낭군의 그 방법이면 귀신도 모를 테니 곧 착수해 주세요."

"내게 냉진이란 심복이 있는데, 내 말이라면 잘 듣고 꾀가 많으니 감쪽같이 해치울 거요. 우선 사 씨가 소중히 여기는 패물을 얻어야 하겠는데 그것이 쉽지 않을 것이오."

교 씨가 한참 생각한 끝에 자신이 있는 듯이 말하였다.

"옳지 좋은 수가 있어요. 사 씨의 시비 설매가 우리 남매의 동생이니까, 그 애를 달래서 사 씨의 보물을 훔쳐 내게 할게요."

이런 음모를 한 뒤에 납매가 조용한 틈을 타서 사 씨의 시비 설매를 불러서 금은보화를 주면서 꼬여 대었다. 이에 귀가 솔깃해서 넘어간 설매가,

"부인의 패물을 넣은 상자는 골방에 간수해 있으나 열쇠가 있어야지. 그런데 그 패물을 무엇에 쓰시려고 그러지?"

"그것은 묻지 말고 아무에게도 말하지 마라. 만일 이 일이 탄로 나면 우리 둘은 살아남지 못할 거야."

납매는 그런 위협까지 하고 열쇠꾸러미를 주면서 그중에서 맞는 열쇠가 있을 테니 잘 해 보라고 했다. 그러면서 패물 가운데서도 유 한림이 늘 보아, 바로 알아볼 만한 패물을 꺼내 오라고 부탁하였다.

설매가 열쇠꾸러미를 숨겨 가지고 가서 골방에 간수해 둔 보석 상자를 열고 옥지환을 훔쳐다가 교 씨에게 주면서, 그 옥지환의 내력을 고하였다.

"이 옥지환은 유 씨 댁에 대대로 전해 오는 물건으로, 사 씨 부인과 상공이 가장 중히 여기는 것입니다."

교 씨가 기뻐하며 설매에게 후한 상금을 주고 동청과 함께 흉계를 행하기로 하였다.

마침 이때에 사 씨 부인을 모시고 신성현에 갔던 하인이 돌아와 사 급사 부인이 작고했다는 부고를 전했다.

"사 씨 댁에 무후(無後)하시고 가까운 친척도 없어서 부인께서 손수 치상(治喪)하여 장례를 지내고 계시옵니다. 교 낭자께 가사를 착실히 살피라 하셨습니다."

이 부고를 받은 교 씨는 간사스럽게 시비 납매를 보내서 극진히 사 씨 부인을 위로하고, 한편으로는 동청을 재촉하여 흉계를 진행시켰다.

이때 유 한림이 산동 지방에 이르러서 주점에 들러 밥을 먹으려 할 적에 문득 한 청년이 들어와서 유 한림에게 읍하였다. 유 한림이 답례하고 본즉 그 청년의 풍채가 매우 훌륭하였다. 유 한림이 성명을 묻자,

"소생은 남방 태생으로 성명은 냉진이라 하옵니다. 선생의 높으신 존함을 듣고자 하옵니다."

그러나 유 한림은 민정 시찰로 암행 중이므로 바른대로 밝히지 않고 다른 성명으로 대답하고 민간의 곤궁한 실정을 물었다.

그러자 그 청년의 대답이 영리하고 분명하였으므로 유 한림이 감탄하며 계속 물었다.

"그대는 지금 어디로 가는 길인가? 그대가 비록 남방 사람이라 하나 억양이 서울 사람 같소."

"저는 본디 외로운 몸으로서 구름같이 동서로 표박하며 정처가 없는 사람입니다. 서울에도 수년간 있다가 올 봄에 이곳 신성현에 와서 반년을 지내고 고향으로 돌아가는 길인데, 다행히 함께 수일 동안 동행하게 되었으니 좋은 인연이 될까 합니다."

"그런가? 나도 외로운 길에 마음이 울적한 참이었는데, 자네

를 만나서 다행일세."

하고 밥과 술을 권하며 먹고 마신 다음 동행하게 되었다.

그들은 낮에는 길을 가고 해가 지면 주막에서 자고 날이 새면 또 떠나고 하였다. 유 한림이 밤에 잘 때에 보니 그 청년의 속옷 고름에 본 적이 있는 듯한 옥지환이 매여 있었다.

유 한림이 이상히 여기고 자세히 살폈더니 아무래도 눈에 익은 옥지환이라 의심이 들어 물었다.

"내가 일찍이 서역 사람에게 배워서 옥류를 좀 분별할 줄 아는데, 자네가 가진 그 옥지환이 예사 옥이 아닌 듯싶소. 구경 좀 시켜 주게."

청년이 옥지환 보인 것을 뉘우치는 듯이 머뭇거리다가 마지 못하는 듯이 옷고름을 끌러서 한림에게 내주었다. 유 한림이 손에 받아들고 자세히 보니 옥의 색깔과 생김새가 자기 부인 사씨의 옥지환이 분명했다. 의아한 마음에 더욱 자세히 살펴보니 푸른 털실로 동심결이 매어져 있지 않은가!

유 한림의 마음에 더욱 의심이 깊어져서 청년에게 물었다.

"참 좋은 보배로군. 그대는 이것을 어디서 구하였나?"

청년이 거짓으로 슬픈 모양을 꾸미더니, 묵묵히 옥지환을 받아서 도로 옷고름에 매었다. 유 한림은 그 옥지환의 출처가 아무래도 궁금해서 다시 물었다.

"그 옥지환에 반드시 무슨 사연이 있을 텐데, 나한테 말한들 무슨 거리낌이 있겠는가?"

청년이 한참 있다가 입을 열더니,

"북방에 있을 때 마침 아는 사람이 준 것입니다. 사연을 알아서 무엇할 것이며, 무슨 다른 곡절이 있겠습니까?"

하고 그 출처를 알리려고 하지 않았다.

유 한림은 어떤 도적이 자기 부인의 옥지환을 훔쳤는데, 그것을 이 사람이 우연히 산 것이 아닐까 하고 그 내막을 알아내려고 기회를 보았다. 그럭저럭 여러 날 동행하는 사이에 두 사람은 자연 친근한 길동무가 되었으므로 유 한림이 또 물었다.

"자네가 그 옥지환에 동심결을 맺은 이유를 좀처럼 말하지 않으니 어찌 그동안 길동무로서 정이 생겼다고 하겠는가?"

그러자 냉진이 마지못한 듯이,

"그동안 형과 정이 깊어졌으므로 숨길 필요도 없지만, 정을 나눈 사람의 정표로만 알고 더 이상 묻지 말아 주십시오."

"그처럼 정을 나눈 사람이 있으면 왜 같이 살지 않고 남방으로 가는가?"

"호사다마라고 조물주가 시기하여 아름다운 인연이 두 번 오지 않는 것을 어쩌겠습니까. 옛날 말에 규문에 한 번 들어가는 것이 깊은 바다에 들어가는 것과 같다 했는데, 이것이 내가 사랑하는 소저와의 정사(情事)이니 어찌 안타깝지 않겠습니까?"

냉진은 짐짓 자기 사랑의 고민을 고백하듯이 슬픈 기색을 하며 탄식까지 해 보였다.

"그러나 자네 염복(艶福)이 부러워."

하며 두 길동무는 종일토록 통음하고 다음 날 오후 각각 길을 나누어 이별하였다.

유 한림은 그 냉진이라는 청년과 우연히 길동무가 됐으나, 수일 동안 동행한 자가 본시 어떤 사람인지 알지 못하였다. 더구나 자기 부인 사 씨의 옥지환의 행방이 어찌되었는지 궁금하였으나 멀리 떨어진 산동 지방을 암행 중이라 알아볼 도리조차 없었다.

'세상에는 이상한 일도 측은한 일도 많구나. 혹은 집안의 종들이 그 옥지환을 훔쳐 내다가 팔아 버린 것일까? 그러나 그 청년이 사랑하는 정인의 정표라던 넋두리는 무슨 뜻일까?'

유 한림의 의심과 걱정은 천 갈래 만 갈래로 심란스럽기만 하였다. 그런 근심을 하면서 반년 만에야 국사를 마치고 서울로 돌아오니 사 씨 부인이 친정에서 돌아와 있은 지도 오래였다.

유 한림은 비로소 장모의 별세를 알고 부인과 함께 슬퍼하며 조상하고, 교 씨와 두 아들 장주와 인아를 만나 그립던 회포를 풀었다. 그리고 객지에서 냉진이라는 청년이 가지고 있던 옥지환이 궁금해서 사 씨에게 물었다.

"부인, 전에 부친께서 내려 주신 옥지환을 어디 간수해 두었소?"

"그대로 패물 상자에 넣어 두었는데 그건 왜 갑자기 물으십니까?"

"좀 이상한 일이 있어서, 그것을 보았으면 하오."

사 씨가 이상히 여기고 시비에게 패물 상자를 가져오라고 명하였다. 상자를 갖다가 열어 보았더니 다른 패물은 전부 그대로 있었으나 그 옥지환만 보이지 않았다. 사 씨가 깜짝 놀라서,

"분명히 이 상자 속에 넣어 두었는데 이게 웬일일까요!"
하고 어쩔 줄을 몰라 하였다.

한림의 안색이 급변하고 말을 하지 않으므로 더욱 당황해서 물었다.

"그 옥지환의 행방을 한림께서 아십니까?"

유 한림이 얼굴을 붉히고,

"그대가 그것을 남에게 주고서 나한테 묻는 건 무슨 심사요?"

사 씨는 남편에게서 이 같은 뜻밖의 말을 듣고 부끄럽고 두려운 마음이 착잡하여 아무 말도 하지 못했다.

이때 시비가 두 부인께서 오셨다고 고하였다. 유 한림이 황망

히 나가서 고모를 맞아들여 인사를 나누었고, 두 부인이 먼 길을 무사히 다녀왔음을 위로하였다.

이윽고 유 한림이 두 부인을 향하여,

"제가 출타 중 집안에 큰 변이 생겨서 곧 고모님께 상의하러 가려던 참에 잘 오셨습니다."

"아니, 집안에 무슨 큰 변이 생겼기에?"

유 한림이 흥분을 진정하고서, 냉진이라는 청년이 옥지환을 갖고 있다는 것과 또 그에게서 들은 말을 하였다. 그래서 뭔가 이상하여 집에 와서 옥지환을 찾아보았으나 과연 없으니, 이 가문의 큰 불행을 장차 어찌하면 좋겠느냐고 상의하였다.

사 씨가 옆에서 유 한림의 그 말을 듣고 혼비백산하여 눈물을 흘리며,

"첩의 평소 행실이 옳지 못하여 공께서 의심하고 이렇듯 추한 누명을 쓰게 되었으니 무슨 면목으로 사람을 대하겠습니까? 첩의 입으로는 변명하지도 않고 할 수도 없으니 죽이든지 살리든지 공의 뜻대로 하십시오. 옛말에 이르기를 어진 군자는 참언을 신청(信聽)하지 말고 참소하는 자를 엄중히 다스리라 하였으니, 공은 깊이 살피시어 억울함이 없게 하십시오."

두 부인이 크게 성을 내며 유 한림을 꾸짖었다.

"너의 총명이 선친과 비교하여 어떠냐?"

"소질이 어찌 선친을 따를 수 있습니까?"

유 한림이 황송해하면서 대답하였다.

"사형(오빠)께서는 지인지감(知人之鑑)이 있고 또 천하의 일을 모를 것이 없이 지내셨다. 그런 분이 매양 사 씨를 칭찬하되 우리 자부는 '천하에 기특한 절대 열부'로서 옛날의 열부에 못하지 않다 하셨다. 또 네 일을 나에게 부탁하시기를, 아직 연소하니 모든 것을 가르쳐서 그릇되지 않도록 하라고 하셨다. 또 자부에 대하여는 모든 일에 별로 경계할 바가 없다고 하셨으니, 이것은 선친의 총명이 사 씨의 범행 숙덕을 잘 아시고 한 말씀이라 여긴다. 아버지의 말씀이 아니더라도 능히 짐작할 일이거늘, 하물며 선친의 지감과 사 씨의 열행에 이 같은 누명을 씌워서 옥 같은 처자를 의심하느냐? 이것은 필경 집안에 악인이 있어서 사 씨를 모해함이 아니면, 시비들 가운데 누군가가 옥지환을 도적질해 낸 것이 분명하다. 그것을 엄중히 밝혀내지 않고 왜 그런 어리석은 의심을 하느냐?"

"고모님 말씀이 지당합니다."

하고 유 한림은 곧 형장 기구를 갖추고 시비들을 엄중하게 문초하였다.

애매한 시비는 죽어도 모를 수밖에 없었고, 장본인인 설매는 바른대로 고백하면 죽을 것이 분명하므로 끝까지 고문을 참고 자백하지 않았다. 결국 시비들 가운데서 범인을 밝혀내지 못하고, 두 부인은 할 수 없이 집으로 돌아갔다.

그러나 사 씨는 누명을 깨끗이 씻어 버리지 못하였으므로 스스로 죄인이라 자처했고, 유 한림은 참언을 하도 많이 들어서인지 사 씨에 대한 의심을 좀처럼 풀지 못했다. 그리하여 집안에서 교 씨만이 혼자 몰래 기뻐하였다.

"두 부인 말씀이 옳은 듯하나 공정치는 않으셔서, 선친께서 항상 사 씨 부인을 옛날의 열부에 비교하고 다른 사람들은 안하로 보니 첩인들 어찌 민망하지 않겠습니까. 또한 사 씨 부인만 너무 칭찬하시고 한림을 너무 공박하시니, 그 또한 자못 체면이 없어서 면구합니다. 하지만 옛날의 성인도 오히려 속은 일이 많았다 하지 않습니까? 선친이 비록 고명하시나 사 씨 부인이 들어온 뒤 오래지 않아 기세하셨으니 어찌 부인의 속마음을 다 안다고 할 수 있겠습니까? 임종시의 유언은 한림을 경계하심에 지나지 않았던 것인데도 불구하고, 두 부인이 그 말씀을 빙자하여 모든 일을 사 씨 부인에게 상의하여 처리하라 강요하시니 어찌 편벽되지 않다 할 수 있습니까?"

"사 씨의 행색에 별로 구차한 점이 없어서 나도 이런 일은 없을 줄 알았더니 지금은 아무래도 의심하지 않을 수 없는 점이 있다. 요전에는 방자물의 저주 필적이 사 씨 필적 같아서 그때는 집안의 누구의 참언인가 하고 불살라 버리게 하였지만 옥지환이 없어진 일 같은 중대한 사건을 본 뒤로는 금후에 어떤 지경에 이를지 매우 불안하다."

하고 유 한림이 사 씨에 대한 현재의 심경을 말하자, 교 씨가 이때라고 다그쳐 물었다.

"그러면 사 씨 부인을 어떻게 처리하실 생각입니까?"

"그러나 지금 명백한 증참이 없으니 이대로는 다스릴 수 없고 또 선친께서 사랑하셨고, 초토(焦土)를 함께 지내었고, 고모께서 그토록 두둔하시니 어찌 처치하겠는가."

유 한림의 이런 신중한 태도에 교 씨는 불만인 안색으로 묵묵히 대답하지 않았다.

교 씨가 또 잉태하여 십 삭이 차서 남아를 낳았으므로 한림이 기뻐하고 이름을 봉추라 하고, 교 씨 소생 형제를 사랑함이 장중보옥 같았다.

교 씨는 한림이 없을 때를 타서 동청과 함께 흉계를 꾸미고 있더니,

"요전에 행한 계교가 실로 묘하였소. 옛말에도 풀을 뿌리째 뽑아 없애야 한다고 했으니 앞으로 어찌할까요? 더구나 두 부인과 사 씨가 옥지환 없어진 근맥을 잡아내어서 그 내막이 누설되면 어쩔할까요?"

교 씨가 전후사를 근심하자 동청이 교 씨를 위로하면서 교사하였다.

"두씨가 옥지환 사건을 극력 추궁하고 있으니 숙질 간을 참소하여 이간시키시오."

"나도 그런 생각이 있어서 두 부인과 한림 사이를 이간시키고자 하지만 한림이 두 부인 섬기기를 모친 못지않게 하여 모든 집안일을 두 부인 뜻에 순종하니 그 계략은 어려울 것 같아요."

"그러면 묘책이 곧 생각나지 않으니 두고두고 상의합시다."

하고 사 씨 음해를 끈덕지게 벼르고 있었다.

이때 두 부인은 사 씨 부인의 누명을 벗겨 주려고 사람을 시켜서 옥지환이 없어진 단서를 잡고자 했으나, 잡지 못하자 심중으로 생각하기를,

'아무래도 교녀의 간계 같은데 단서를 잡지 못하였으니 그런 발설을 할 수도 없고 이 일을 장차 어찌할까.'

하고 속을 썩이고 있었다.

그래서 유 한림 집에 오래 머무르기도 거북해하다가 아들 두억이 장사부 총관으로 부임하므로 그 아들을 따라 장사로 가게 되었다. 자기는 아들을 따라서 장사로 떠나는 것이 좋으나 사 씨 부인의 고생을 생각하면 마음이 놓이지 않았다. 마침내 장사로 떠나는 날 유 한림이 두 부인 모자를 청하여 큰 환송 잔치를

배설하였는데 그 좌상에 사 씨 부인이 보이지 않았다. 두 부인이 자못 울적하여 유 한림에게 원망스러운 말을 하였다.

"오라버님이 세상을 떠나신 후로 현질 한림과 서로 의지하여 지냈는데 이제 갑자기 만리의 이별을 하게 되었으므로 꼭 현질에게 한마디 부탁코자 하는데 내 말을 꼭 지키겠느냐?"

"소질이 비록 신의가 없을지라도 고모님 말씀을 어찌 거역하겠습니까? 무슨 말씀인지 들려주십시오."

"다른 일이 아니라 사 씨 부인의 앞일을 부탁하련다. 사 씨 부인의 성행이 근엄하여 억울한 마음도 소견대로 변명하지 않으니 더욱 측은하다. 그 정렬한 점으로 보아서 무죄한 것이 틀림없으니 멀지 않아서 억울한 사실이 나타나려니와 만일 내가 이 집에서 없어진 후에 또 무슨 해괴한 일로 참언이 있더라도 곧이 들지 말며 혹 무슨 불미한 일이 있더라도 나에게 먼저 편지로 상의하고 내 의견이 있을 때까지 과하게 처치하지 말아서 나중에 경솔했다고 뉘우치는 일이 없게 하라."

"고모님의 말씀을 명심하고 교의를 근수하겠사옵니다."

유 한림이 맹세하듯이 대답하자 두 부인은 시녀를 불러서 물었다.

"사 씨 부인께서 어디 가시고 이 자리에 안 보이시느냐? 이 자리에 오시기를 꺼려 하시거든 나를 그리로 인도하라."

시비가 두 부인을 모시고 사 씨 사는 곳으로 갔다. 가서 본즉 사 씨가 녹발(綠髮)을 흐트린 채 얼굴이 창백하고 전신이 연약해져서 입은 옷 무게조차 이기지 못하는 듯이 애처로웠다.

이를 본 두 부인은 마음이 칼로 저미듯 아팠다. 수심에 잠겨 있던 사 씨가 고모님을 보고 반가워하며 축하 인사를 올렸다.

"이번에 고모님 댁이 영귀하셔서 임지로 행차하시니, 죄첩이 존하에 나아가서 마땅히 하직 인사를 올려야 하오련만, 몸이 만고의 누명을 쓰고 있기 때문에 나아가 뵈옵지 못하와 제 목숨이 있는 동안에 다시는 뵙지 못하게 되면 무궁한 한이 되겠더니 천만 뜻밖에 누처에 왕림하여 주셔서 감사하옵니다."

두 부인이 눈물을 흘리면서 위로하였다.

"오라버님의 임종시 유언에 유 한림을 나에게 부탁하시던 말씀이 아직도 귀에 쟁쟁하되 내가 조카를 잘 인도하지 못한 탓으로 이 지경에 이르게 하였으니 모두 내 허물이다. 그리고 타일에 어찌 지하로 들어가서 오라버님 영혼을 뵙겠느냐. 모두 내 불명이지만 질부는 너무 근심하지 말고 필경은 사필귀정으로 길운을 만나서 흑운을 벗어날 날이 올 것이다. 그러면 간사한 무리가 능히 모해하지 못하고 조카 한림이 자기의 불명을 뉘우치고 질부의 누명을 씻어 줄 것이다. 예로부터 영웅열사와 절부 열녀가 시운을 만나지 못하면 한때 곤욕을 당하는 법이니 널리 생각하고 심신을 상함이 없도록 하라. 이 유 씨 가문이 본디 충문지가로서 간악한 소인에게는 원한을 사서 해를 많이 당하였으나 가중은 한결같이 맑더니 선대가 별세하신 후로 이렇듯 괴이한 변고가 있으니 이것은 집안의 요사한 시첩이 조카의 총명을 흐리게 한 까닭이다. 요사이 조카의 거동을 보니 그전의 총명과 맑은 기운이 하나도 없고, 나하고도 집안일을 의논하는 일이 적어서 숙질 간의 의도 감소되어 버렸다. 내가 동정을 살펴보니 한림도 귀신에 홀린 것 같아서 빨리 그 매혹에서 벗어나기를 바라지만, 그것도 시기가 와야 미몽을 깨우칠 것 같다. 질부도 천정(天定)의 운수로 여기고 과도하게 심사를 상하지 말라."

되풀이하여 신신당부한 두 부인은 시비를 시켜서 유 한림을 그 방으로 불러오게 하였다. 두 부인은 유 한림을 맞아서 정색으로 슬퍼하면서 엄숙히 훈계하였다.

"요새 네 행사를 보니 아무래도 본심을 잃은 사람 같으니 매우 뜻밖의 일로써 슬프기 짝이 없다. 네 선친이 별세하실 때에 집안의 대소사를 나에게 부탁하신 말씀이 아직도 귓전에 새로운데 내가 용렬하여 질부 사 씨 부인의 빙옥 같은 행실까지 시운이 불리한 탓인지 누명을 쓰고 고통하고 있는 정사를 보고도 멀리 떠나게 되니 마음을 놓고 갈 수가 없다. 내가 지금 질부 있는 이 자리에서 한 말을 꼭 부탁하겠다. 금후에 집안에서 질부를 음해하거나 혹 무슨 흉사를 보게 되는 경우라도 결코 사 씨 부인을 의심하고 냉대하지 말고 내가 돌아옴을 기다려서 처리하라. 질부는 절부정녀니까 결코 그른 생각이나 그른 행동은 하지 않을 것으로 믿는다. 질부의 신세가 위태로운 정상을 보니 내 발길이 돌려지지 않는다. 그러니 조카 한림은 부디 조심하고 간사한 말을 듣지 말아라."

유 한림은 이마를 찌푸리고 엎드려서 묵묵히 고모의 말을 듣고만 있었다. 두 부인은 깊은 한숨을 쉬고 재삼 사 씨의 일을 당부하고 돌아갔다. 사 씨는 가장 믿어 오던 보호자가 떠나감을 멀리 바라보며 슬프게 울었다.

교 씨는 두 부인을 원수같이 여기다가 이제 멀리 장사로 감을 내심으로 기뻐하고 십랑을 불러 놓고,

"지금까지 원수 같던 두 부인이 이제 아들을 따라 멀리 가게 되었으니 이때에 빨리 계획대로 해치우는 것이 좋겠네."

십랑이 찬성하고 계획을 진행하기로 하고 납매를 불러서 이리저리하라고 일렀다. 그 말을 들은 납매는 설매를 불러서 계교를 일러 주었다.

"매우 중대한 일이니 먼저 교 낭자께 알리고 하는 것이 좋을 것 아니요?"

하고 설매가 교 씨의 확실한 다짐을 받으려는 생각에서 말하자,

납매도 찬성하고 교 씨와 함께 만나서,

"지금 사 씨를 이 댁에서 내쫓으려면 아씨 아드님 장주 아기의 목숨을 끊어야 한림께서도 격분하시고 계교를 행할 수 있을까 합니다."

교 씨도 자기 아들의 목숨을 희생으로 삼아야 되겠다는 말에는 깜짝 놀랐다.

"미운 사 씨를 위한 일이라면 무슨 일을 하여도 좋지만 어찌 귀여운 내 아들의 목숨을 제물로 바치겠느냐? 그리고 어찌 내가 살 수 있겠느냐?"

이에 악에 바쳐서 묵묵히 말을 못하고 있었다.

이때에 유 한림은 두 부인이 멀리 떠난 후 더욱 기댈 곳이 없어서 주야로 백자당에서 교 씨와 즐겁게 지내던 중 아들 장주의 병이 낫지 않는 것을 근심하면서 납매와 설매에게 약시중을 시키고 있었다. 그런데 설매가 역시 사 씨의 시비인 춘방을 시켜서 약을 달이게 한 뒤에 장주에게 먹일 때 몰래 독약을 섞어서 먹였다.

이 얼마나 끔찍하랴. 교 씨는 남을 잡으려고 제 자식을 죽이기까지 하였으니 어찌 천도가 무심하며 만고의 독부가 아니겠는가. 천진한 어린아이 장주가 약을 먹자마자 전신이 푸르게 부어오르고 일곱 구멍에서 일시에 피를 흘려 내면서 한마디 큰소리를 지르고 죽어 버렸다. 교 씨와 유 한림이 대경실색하고 장주의 시체를 살펴보니 독약을 먹고 죽은 것 같으므로 유 한림이 의심하고 약 그릇을 가져와 남은 약을 개에게 먹여 보니 약을 먹은 개가 즉사하였다. 이것을 본 유 한림의 얼굴이 흙빛으로 변하는 것을 본 교 씨가 대성통곡하면서,

"내 평생에 남의 원한을 살 만한 일은 한 적이 없는데 어떤 간악한 자가 우리 모자를 죽이려고 이런 악독한 짓을 했을까?"

하고 죽은 자식을 붙잡고 장주의 이름을 부르고 울다가 유 한림에게 향하여 말했다.

"한림이 내 원수를 갚아 주지 않으시면 나도 죽어 버리고야 말겠나이다."

유 한림은 교 씨를 위로하고 좌우의 시녀를 족쳐서 장주에게 먹인 독약의 출처를 추궁하려고 하였다. 사 씨는 시비 춘방이 설매의 꼬임으로 약을 달였는데 약을 쓴 뒤에 장주가 급사한 것을 보고 깜짝 놀라서 겁을 집어먹고 탄식하였다.

"장주의 어린 목숨이 불쌍하다. 죄 없는 자식이 어미를 잘못 만나서 참혹한 죽음을 당하였구나. 공교롭게 내 시비가 달인 약을 먹고 죽었다는 그 의심을 받은 내 신세가 앞으로 무슨 화를 입을지 모르겠다."

유 한림이 서헌에 나와서 여러 비복을 호령하고 당장에 납매

와 설매를 잡아내다가 엄형으로 독약의 출처를 추궁하여 살이 터지고 피가 흘렀으나 좀처럼 자백하는 자는 나오지 않았다. 설매는 교 씨의 심복이라 이를 갈고 불복하였으므로 유 한림은 하는 수 없이 시비들을 모두 감금하고 자백하는 자가 나오기를 기다리려고 하였다.

시비들이 그 흉한 사고를 사 씨에게 알리고 통곡하였으므로 사 씨 부인도 경악하면서 올 것이 마침내 왔다고 생각하였다.

"내가 이런 일이 있을 줄 예측한 지가 오래여서 새삼스럽게 놀랄 것도 없다. 피하지 못할 운수일지도 모른다."

하고 안색이 조금도 변하지 않았다.

이튿날에는 유 씨 종중이 모두 모여서 가문의 괴변을 처리하려고 의논하였다. 이 자리에서 유 한림이 사 씨의 전후 죄상과 모든 의심쩍은 말을 하였다.

그러나 모든 사람은 전부터 사 씨의 현숙함을 알고 있었으며 사 씨 또한 모든 친척을 후대하여 왔으므로 깜짝 놀라며 의심하지 않을 수 없었다. 그러나 유 한림은 반드시 증거를 잡아내겠으니 비밀을 아는 사람은 가문을 위하여 서슴지 말고 증거인으로 나와 달라고 요구하였다.

그러나 남의 집안의 비밀 일을 어떻게 알겠느냐고 펄쩍 뛰며 이구동성으로,

"이 일은 한림 스스로 잘 살펴서 처치할 일이지 우리가 어찌 판단하겠소. 우리 소견은 한림이 공명정대하게 처치하기를 바랄 뿐이오."

하고 은근히 사 씨의 무죄를 암시하는 동시에 그런 불상사의 분규에는 휩쓸려 들기를 꺼려 하였다.

유 한림은 향촉을 갖추어서 사당 앞에 올리고 친척들과 함께 분향 예배하고 사 씨의 죄상을 고하였다. 그 조상에 고발하는 글월은 다음과 같다.

'유세차 가정 삼십 년 모월 모일에 효증조 한림학사 유연수는 삼가 글월을 현증조고(顯曾祖考) 문현각 태학사 문충공부군(文忠公府君), 현조비 부인 호 씨, 현조고 태상경 이부상서부군(吏部尙書府君) 현조비 부인 정 씨, 현고 태사공 예부상서부군(禮部尙書府君), 현비 최 씨 영전에 아뢰옵나니 부부는 오류이요, 만복지원이니 나라를 비롯하여 서인에 이르기까지 어찌 삼가지 아니하리오. 슬프도다, 저 사 씨 처음으로 유 씨 문중에 들어왔을 때, 가내에 예성이 자못 자자하고 예도에 어김이 없으므로 천행이었습니다.

그러나 범사에 처음만 있고 내내 여일치 못하여 혹 불미한 일이 있어도 대체를 생각하고 책하지 않았더니 그 후로 사 씨의 행색이 점점 방자하여졌습니다. 선고(先考)의 삼년상을 함께 모신 후에 출사하여 집에 있지 못하는 사이에 더욱 음흉하였고 모병(母病)을 빙자하고 본가에 가서 누행이 탄로되었으나 혹 억울한 중상을 입은 것이 아닌가도 생각하고 자취를 집안에 머무르게 하였던 것입니다. 그런데도 스스로 후회하지 않고 그 죄가 칠거에 더하니 조종심령이 흠향치 않으실 바이므로 후사멸절할까 두려워서 부득이 출거시키고자 하옵니다. 소첩 교 씨는 비록 육례는 갖추지 못하였으나 실로 명가의 자손이요, 고서를 박람하여 가히 조종의 제사를 받듦직하온지라 교 씨를 봉하여 정실로 삼나이다.'

유 한림은 조상 영전에 고하는 이 글월을 다 읽은 뒤에 시비들을 시켜서 사 씨를 데려다가 사당 앞에 사배하직케 하니, 사 씨의 눈물이 비 오듯 하였다. 친척들은 대문 밖에서 쫓겨 나가는 사 씨와 이별하고 모두 동정의 눈물을 흘렸다. 유모가 사 씨 소생 인아를 안고 나오자 사 씨 부인이 받아서 안고 차마 이별하지 못하였다.

"너는 내 생각을 말고 잘 있거라. 혹 우리가 다시 만날 날이 있을지도 모른다. 새도 깃을 잃으면 몸을 부전하기 어렵다 하니 나 간 뒤에 넌들 어찌 완명할 수 있으랴. 서로가 죽더라도 하생에서 미진한 인연을 후생에 다시 만나서 모자의 연분이 되기를 원한다."

사 씨의 슬픈 회포가 피눈물로 화하여 흘렀다. 문전에서 발이 떠나지 않는 사 씨는 다시 모자의 슬픈 신세를 하소연하였다.

"네 조부님께서 세상을 떠나실 때에 모시고 따라가지 못하고 살아 있다가 지금 이런 광경을 당하니 어찌 슬프지 않으랴."

하고 사랑스런 아들 인아를 다시 유모에게 돌려주고 죽으러 가는 죄인처럼 가마에 오른 뒤에도 유모에게 안긴 천진난만한 인아의 조그만 손을 잡고 어루만지다가 마지막으로 어린 손을 놓고 이내 가마가 떠나자 어린 인아가 엄마를 따라가려고 애처롭게 울어 댔다.

사 씨는 우는 목소리로 유모에게 인아의 장래를 수없이 당부하고 하인 하나만 데리고 떠났다.

이때 유 한림 집안에서는 교 씨의 흉계가 성공되었으므로 교 씨의 시비들이 저희들 세상이 되었다고 기뻐하였다. 그 시비들은 교 씨를 사당 앞으로 인도하고 분향 예배시키기를 서둘렀다. 주홍군의 패옥 소리가 맑게 울리고 황홀히 빛나서 마치 신선과 같이 아리따운 자태였다.

사당 예배를 마치고 정실부인으로서 많은 비복의 하례를 받았는데 교 씨는 비복들을 향하여 훈시하였다.

"내가 오늘부터 새로 이 댁의 내사를 다스릴 터이니 너희들은 각각 맡은 일에 근면하고 죄를 범하지 말아 주도록 명심하라."

이에 응하여 시비 중의 팔구 명이 앞으로 나와서 교 씨에게 아뢰었다.

"그전의 사 씨 부인이 비록 출거하셨으나 여러 해 섬기는 동안에 은혜를 많이 받았습니다. 다행히 부인께서 허락하시면 문밖까지 나가서 전 부인께 이별 인사를 드리고 전송하고자 하옵니다."

"그것은 너희들의 인정상 원하는 것이니 내가 어찌 막겠느냐?"

교 씨의 허락이 내리자 모든 시비가 일시에 문밖으로 달려 나가서 이미 저만큼 떠나가는 가마를 따라가서 통곡하였다.

사 씨가 교자를 멈추고 타일렀다.

"너희들이 나를 생각하고 이렇게 나와서 나를 보내 주니 고맙다. 앞으로는 새로운 부인을 잘 섬기며 나를 잊지 말아 다오."

이 말에 여러 시비가 울면서 배별을 슬퍼하여 마지않았다.

유 한림의 집에서 쫓겨난 사 씨는 가마꾼에게 신성현으로 가지 말고 유 씨의 묘소로 가라고 분부하였다. 교자가 묘소에 이르자 사 씨는 시부모 묘전에 수간초옥을 짓고 거기서 홀로 살았다. 그 뒤로 한적한 산중에서 화조월석에 친부모와 시부모를 사모하는 효성이 지극하였다.

이런 소식을 들은 사 씨의 남동생이 찾아와서 눈물을 흘리면서 탄식하였다.

"여자가 남편에게 용납되지 못하면 마땅히 친정으로 돌아와서 형제와 함께 지낼 것이지 누님은 왜 이런 무인 산중에서 홀로 고생을 하고 계십니까?"

"네 말은 고맙다. 내가 어찌 동기지정과 모친 영혼을 모르겠느냐. 그러나 한 번 친정으로 돌아가면 유 씨 집안과는 아주 인연이 끊어지고 말 것이요, 또 한림이 비록 갑자기 나를 버렸으나 내가 돌아가신 시부님께 죄진 일이 없으니 시부님 산소 밑에서 여년을 마치는 것이 나의 마지막 소원이다. 그러니 내 걱정을 말아라."

사 씨의 아우는 자기 누님의 고집을 알고 집으로 돌아가 노복한 사람과 시비 두 사람을 보내서 사 씨의 신변을 보살피게 하였다.

사 씨는 아우의 정의에 고마운 눈물을 흘리면서,

"우리 친가에 본디 노복이 적은데 어찌 여러 비복을 내가 거느리겠는가?"

하고 노복 한 사람만 두어서 외부와 연락하는 데 쓰고 시비들은 도로 친정으로 보내었다.

이 묘지가 있는 근처에는 유 씨 종중과 노복이 많이 살고 있었으므로 사 씨가 시부 묘하에 묘막을 짓고 살게 된 사실에 동정과 감격을 하고 모두 위로하여 쌀과 채소를 끊임없이 공급하여 주었다. 그러나 사 씨는 그런 친척과 노복의 신세만 지는 것이 송구하여서 되도록 사양하고 바느질과 길쌈을 하여 근근이 연명하며 외로운 세월을 보내었다.

이때 사 씨를 태우고 갔던 가마꾼들이 유 한림 댁으로 돌아와서 사 씨가 유 한림의 부친 묘소 밑으로 가서 거처를 삼으려 한다는 소식을 전하였다. 교 씨는 그 소식을 듣고 사 씨가 신성현의 제 친정으로 가지 않고 유 씨 묘소로 간 것은 유 씨 가문에서 축출한 명령을 거역하는 방자스러운 소행이라고 분하게 생각하고 유 한림에게 그 부당함을 주장하였다.

"사 씨 부인은 누명으로 조상께 죄진 몸인데 어찌 감히 유 씨 묘하에 있을 수 있습니까? 빨리 거기서 쫓아 버려야 합니다."

유 한림이 침울한 마음으로 더 염두에 두지 않으려고,

"이미 우리 집에서 쫓아 버렸으니 제가 어디 가서 살든 죽든 상관할 것 없지 않소. 하물며 산소 부근에는 다른 사람도 많이 사는데 그만 금할 수도 없으니 모른 척하고 잊어버립시다."

교 씨는 더 주장은 못하였으나 속으로 못마땅하게 여겼다.

그러다 하루는 동청에게 의논하자 동청이 후환을 염려하고,

"사 씨가 제 친정으로 가지 않고 유 씨 묘하에 머물러 있는 것은 큰 뜻을 품은 행동으로 앞으로 옥지환 행방 등 우리 계교를 발명하고 복수하려는 저의가 분명하고 제가 유가의 자부로 자처하면서 후일을 도모하려는 것이 아니겠소. 더구나 그 근처에 있는 유 씨 종중의 인심을 사려는 간교가 또한 분명하오. 그뿐 아니라 한림이 춘추로 성묘를 다니시다가 그 처량한 모양을 보시면 철석간장이라도 옛날 정의를 생각하고 마음이 다시 어떻게 동요할지 모르니 마음이 놓이지 않습니다."

"그러면 곧 사람을 보내서 암살해 버릴까?"

교 씨가 성급하게 최악의 수단을 말하였다.

"그것은 도리어 평지풍파를 일으킬 염려가 있으니 안 됩니다. 지금 갑자기 죽이면 역시 가엾게 여기는 마음이 남아 있는 한림이 우선 의심합니다. 나한테 한 가지 계획이 있는데 그것은 냉진이 아직 가속이 없고 그전부터 사 씨를 흠모해 왔으니 그에게 사 씨를 속여서 꾀어다가 첩을 삼게 하면 나중에 한림이 든더라도 변절해 버린 여자라 여기고 아주 잊어버릴 것입니다."

"호호호 그렇게만 되면 냉진에게도 좋은 일이지만 잘 될 수 있을까?"

"냉진의 수단으로는 되고말고요. 사 씨가 유 씨 묘하에 뿌리

를 박고 있으려는 계획은 아까 말한 것 외에도 장차 두 부인이 오는 것을 기다려서 그 힘을 빌려서 한림과 인연을 다시 맺으려는 계획입니다. 사 씨가 두 부인을 하늘같이 믿고 있으니 이제 두 부인의 편지를 위조하여 장사로 인부를 차려 오라면 반드시 그대로 할 것이니, 도중에서 냉진이 데려다가 겁탈하여 첩으로 삼으면 사 씨가 아무리 절개를 지키려 하더라도 연약한 몸으로는 욕을 당하고 단념하게 될 것이니 이것이 소위 독 속에 든 쥐라 별수 없을 것입니다."

교 씨는 간부(間夫) 동청의 계략을 듣고 여간 반가워하지 않았다.

"당신의 계교는 정말로 신출귀몰하니 와룡 선생의 후신인가 보구려."

동청은 몰래 냉진을 불러서 그 계교를 일러 주었다. 냉진은 총각인 데다가 사 씨의 높은 평판을 알고 있었으므로 기뻐하면서 두 부인의 필적을 청하였다. 동청이 염려 말라 한 뒤에 교 씨에게 그것을 구하게 해서 냉진에게 주었다. 냉진은 그 두 부인의 필법을 모방한 똑같은 글씨로 사 씨에게 서울로 오라는 사연을 썼다. 즉 유 한림의 무상한 태도를 탄식하고, 당분간 서울로 와서 함께 지내다가 사가(謝家)로 복귀할 시기를 기다리라는 편지를 보냈다. 그리고 교자와 인마를 차려서 보내니 곧 타고 오라는 재촉이었다. 냉진은 이러한 두 부인의 편지를 교묘하게 위조한 뒤에 교자와 말을 세내고 가마꾼 등의 인부 십여 명을 매수하여 보내면서 사 씨에게 장사에서 온 것같이 잘 행동하라고 교사하였다.

냉진은 사 씨를 유괴할 인부들을 보낸 뒤에 집으로 돌아가서 화촉을 갖추고 사 씨가 유괴되어 오기를 기다렸다.

하루는 사 씨가 창가에서 베를 짜고 있을 때 문밖에서 부르는 소리가 문득 들렸다.

"문안드립니다. 이 댁이 유 한림 부인 사 소저 계신 댁입니까?"

노복이 나가서 그렇다고 하고 어디서 무슨 일로 왔느냐고 물었다.

"서울 두 총관 댁에서 왔소."

"두 총관이 마님을 모시고 임지로 가셨고 그 후로 그 댁이 비었는데 누구의 명으로 왔소?"

"아직 두 총관 댁 소식을 모르는군. 우리 주인께서 장사 총관으로 계시다가 나라에서 한림으로 제수하시고 조정의 내관으로 부르셨으므로 마님께서 먼저 상경하시고 사 씨 부인께서 여기서 고생하신다는 소식을 들으시고 놀라서 우리를 보내어 문후하라고 편지를 가지고 왔소."

하고 찾아온 전갈꾼이 사 씨의 노복에게 편지를 전하였다.

노복이 안으로 들어가서 그대로 사 씨에게 알렸다. 사 씨 부인이 그 편지를 받아서 봉을 떼어 본즉 그 사연은 이별한 후로 염려하던 말로 위로하고 아들의 벼슬이 승진하여 곧 임지를 떠나서 상경하리라는 것과 그에 앞서서 자기가 먼저 상경하여 있다는 사연이었다. 그리고 또 유 한림의 오해로 쫓겨나서 산중 산소 밑에서 고생하다가 강포한 무리의 침노를 당할까 두려우니 당분간 자기 집으로 와서 있으면 모든 것이 좋지 않을까 생각하며 만일 이런 자기 뜻에 찬성하면 곧 교자를 보낸다는 내용이었다.

이 두 부인의 편지를 본 사 씨는 두 부인이 장사에서 아들의 내관 전직으로 먼저 상경한 것을 기뻐하고 곧 두 부인한테로 가겠다는 답장을 써서 전갈 온 사람에게 주어 돌려보냈다.

그리고 그날 밤에 혼자 앉아서 곰곰이 생각하되,

'이곳이 비록 산골짝이지만 선산을 바라보며 마음을 위로해 왔는데 이곳도 떠나게 되니 서울 두 부인 댁으로 가면 몸은 편할지라도 마음은 더욱 허전할 터이니 내 신세가 처량하다.'

그런 생각 중에 홀연히 잠이 와서 조는데 비몽사몽 간에 전에 부리던 시비가 와서 시아버님 유공께서 부르신다고 말하면서 가기를 청하였다. 사 씨가 곧 시비의 뒤를 따라서 어느 곳에 이르니 시비 수명이 나와서 맞아들였다. 사 씨가 시아버님의 침전에 이르러서 보니 완연히 그전 시아버님의 생시 모습이었다.

사 씨가 반가워서 흐느껴 울었다. 유공이 가깝게 끌어서 슬하에 앉히고 무애하여 위로하고,

"어리석은 아이가 참언을 듣고 너 같은 현부를 내쫓아서 고생을 시키니 내 마음이 아프다. 그러나 오늘 불러 가겠다는 두 부인의 편지가 진짜가 아니니 속지 말라. 네가 그 글씨의 자획을 다시 자세히 보면 위조 편지임을 알 것이니 결코 속지 말라. 그리고 내가 세상을 이별한 뒤로 너를 다시 보지 못하였으니 어찌 슬프지 않으랴. 눈을 들어서 나를 다시 봐라. 비록 유명의 세계가 다르나 자부가 아이와 함께 사당에 분향하고 잔을 올리더니 지금 와서는 천첩이던 간악한 교 씨가 제사를 받드니, 내 어찌 흠향하겠는가. 이런 해괴하고 슬픈 일이 어디 있으랴. 현부가 집을 떠난 후에 이곳에 와 있으니 나도 너의 정성을 기쁘게 여기고 의지하여 왔는데 네가 이제 멀리 떠나가면 또한 외로워서 어찌하랴."

사 씨가 시부 유공에게 울면서 대답하되,

"두 부인께서 부르시더라도 어찌 묘하를 떠나겠습니까?"

"정말로 두 부인 옆으로 간다면 나도 말릴 생각은 없다마는 그 편지가 위조물이요, 그렇다고 여기 오래 있으면 또 박해가

있을 것이다. 더구나 자부에겐 칠 년 재액의 운수이니 마땅히 남방으로 멀리 피신하는 것이 좋다. 그것도 지금 박해가 급하니 빨리 피신하라."

"외롭고 약한 여자의 몸으로 어찌 칠 년 동안이나 사고무친한 타향을 유리하겠습니까? 앞으로 겪을 길흉을 가르쳐 주십시오."

"그 천수를 낸들 어찌 알겠느냐? 다만 내가 일러두거니와 지금으로부터 육 년 후의 사월 십오 일에 배를 백빈주에 매어 두었다가 급한 사람을 구해 주어라. 이 말을 명심불망하였다가 꼭 그래야만 네 운수가 대통한다."

"분부대로 하겠습니다. 그러나 이제 이곳을 떠나면 언제 또 다시 뵙겠습니까?"

하고 흐느껴 울었다.

그 잠꼬대의 울음에 놀란 유모와 노복이 몸을 흔들기로 사 씨가 놀라서 눈을 뜨니 꿈결이었다. 사 씨가 그 신기한 꿈 이야기를 한즉 유모와 노복도 신기하게 여기고 소홀히 여길 꿈이 아니라고 아뢰었다. 사 씨가 꿈에서 가르친 대로 두 부인이 보냈다는 편지를 꺼내서 글씨의 자획을 자세히 살피면서,

"두 총관이 홍(洪) 자를 은위하는데 두 부인 편지라면 어찌 홍자를 썼을까? 아무리 필적을 비슷하게 흉내 냈어도 이것만으로

도 위조가 분명하다. 도대체 어떤 자가 이렇게까지 악랄한 수단
으로 나를 모해하려는가."

하고 흉흉한 의심으로 잠을 이루지 못하던 중에 어느덧 날이 훤
히 밝기 시작하였다.

사 씨가 유모에게 은근히,

"어젯밤 꿈에 시부님의 영혼이 분명히 남방으로 가라고 가르
쳐 주셨는데 마침 장사가 남방이라 두 부인이 가실 때에 수로
수천 리라 하시더니 이제 시부님 영혼이 남방으로 피신하라신
것은 필경 장사로 두 부인을 찾아가서 의탁하라는 뜻이니 어찌
빨리 떠나지 않으랴."

하고 떠날 준비를 하였으나 배를 얻지 못하여 초조하게 배편을
기다리게 되었다.

이때에 노복이 안으로 달려 들어오면서 서울 두 부인으로부
터 교자가 와서 사 씨를 맞아 가려고 하니 어찌하라고 물었다.

"내 어젯밤에 찬바람에 촉상하여 일어나지 못하니 몸이 나으
면 수일 후에 갈 테니 교자를 가지고 온 하인들을 보내라."

라고 노복에게 전갈시켰다.

그래서 냉진이 유괴하려고 보낸 인부들은 어리둥절하였으나
하는 수 없이 돌아갔다. 냉진은 그 경과를 동청에게 보고하고
앞으로 취할 방법을 의논하였다.

"사 씨는 본래 지혜가 있는 여자라 두 부인의 초청을 의심하고 칭병으로 거절하였을 것이리라. 이러다가 만일 두 부인의 편지를 위조하여 유괴하려던 계략이 탄로 나면 화를 면하지 못할 것이다."

동청도 당황해서 실패를 자인하였다. 그러나 냉진은 아직도 실망하지 않고 강경한 방법을 취하고자 하였다.

"기왕 내친 걸음이니 힘으로 해치웁시다."

"무슨 방법이냐?"

"힘센 사람 십여 명과 교꾼을 데리고 산소 근처에 가서 잠복하였다가 밤이 되거든 사 씨를 납치해 오는 것이 좋을까 하오."

"그 방법으로 빨리 실행하라. 그 여자가 우리 눈치를 알고 도망칠지도 모르니까 빨리 납치해다가 네 계집으로 삼아라."

냉진은 동청의 동의를 얻자 곧 강도 수십 명을 인솔하고 사 씨를 납치하려고 달려갔다.

이때 사 씨는 남방으로 가는 선편을 얻지 못하고 초조하게 기다리다가 마침내 남경으로 가는 장삿배를 발견하고 노복과 함께 달려가서 태워 주기를 간청하였다. 천만다행으로 그 장사꾼이 일찍이 두 부인 댁에서 사 씨를 본 일이 있었으므로 사 씨의 곤경을 동정하고 잘 태워다 줄 것을 약속하였다.

사 씨가 시부님 묘전으로 가서 하직 배례를 하고 유모와 시비와 노복 세 사람을 데리고 배에 올라 일로 남방으로 향하여 먼 길을 떠났다. 사 씨가 배를 타고 떠난 직후에 냉진이 강도 수십 명을 데리고 유 씨 산소 밑에 있는 사 씨의 집을 밤중에 습격하였으나 텅 빈 집에 주종의 인적은 묘연히 사라지고 없었다.

냉진이 놀라서 어이가 없는 듯이,

"사 씨는 과연 꾀가 많은 여자다. 우리의 계교를 벌써 알아채고 달아났구나."

하고 도리어 탄복하고 돌아와서 또 실패한 경과를 동청에게 보고하였다.

동청과 교 씨는 사 씨를 잡지 못하고 놓친 것을 분하게 여기었다.

이때 사 씨는 배를 타고 남방으로 향하여 갈 제 만경창파에 바람이 일어서 파도가 하늘에 닿을 듯이 거칠어서 배를 나뭇잎처럼 희롱하였다. 이렇게 위험해진 풍랑 속을 가던 장삿배들은 새벽달 찬바람에 한사코 닻 감는 소리는 물 깊이를 짐작시켰고, 양자강 양안의 산협에서는 원숭이 떼가 우는 슬픈 소리가 조난한 선객들의 마음을 더욱 산란케 하였다.

이런 조난선 가운데서 사 씨는 불행만 계속되는 자기의 신세를 한탄하여 마지않았다. 규중 열녀의 몸으로 더러운 죄명을 쓰고 시집을 쫓겨난 사람이 되었다가 박해를 피하여 장사로 도망

치다가 이제 만경황파의 일엽편주에 운명을 맡겼으니 오장이 뒤집히고 가슴이 무너지는 듯하였다.

사 씨는 마침내 통곡하고 하늘에 호소하였다.

"하늘이 어찌 이런 인생을 내시고 명도의 기구함을 이처럼 점지하셨습니까?"

유모도 따라서 슬프게 울다가 먼저 울음을 그치고,

"하늘이 높으시나 살피심이 밝으시니 부인의 앞길도 멀지 않아서 트일 것입니다."

"내 팔자가 기박하여 너희들까지 고생을 시키니 마음이 아프다. 나는 내 죄로 당하는 고생이지만 유모와 차환은 무슨 죄랴. 이것은 나 같은 주인을 잘못 만난 탓이니 내가 어찌 민망하지 않으랴. 규중 여자의 몸으로 일엽편주로 이 풍랑이 심한 물 위에 표류하니 장차 어찌될 신세랴. 두 부인이 이런 사정을 알고 기다리시는 바도 아닌데 시집을 쫓겨난 사람이 구차하게 살아서 장사로 구원을 바라고 가니 이 신세가 어찌 가련하지 않으랴. 차라리 물속에 몸을 던져서 굴삼려의 충혼을 따를까 한다."

이처럼 주종이 서로 울고 서로 위로하면서 표류하던 배가 어느 곳에 이르렀을 때 풍랑이 더욱 심해지고 사 씨의 토사병이 급해져서 정신을 차리지 못하게 되자 배를 뭍에 대고 어떤 집에 들러서 병을 치료하게 되었다. 다행히 그 집의 여자가 매우 양순하여 사 씨 일행을 극진히 대접하였으므로 사 씨가 감격하고 그 여자의 나이를 물었더니 이십 세라는 처녀의 대답이었다.

사 씨는 그 여자의 용모가 곱고 마음의 의기가 장함을 사랑하는 동시에 병으로 고생하는 과객에 대한 지성을 고마워하면서 친형제같이 수일 동안을 지냈다. 그 집 처녀의 덕택으로 병이 나아서 이별할 적에는 주객의 정의가 헤어짐을 여간 슬퍼하지 않았다.

사 씨는 주인 여자에게 사례하려고 손에 끼었던 가락지를 주면서 치하하였다.

"이것이 비록 미미하지만 그대 손에 끼고서 나의 마음으로 보내는 정을 잊지 말아요."

"이 패물은 부인이 먼 길을 가시는데 노비가 떨어졌을 때도 긴요하실 터인데 제가 어찌 받겠습니까?"

"여기서는 이미 장사가 멀지 않고 그곳에 가면 비용도 별로 들 것 같지 않으니 사양하지 말고 받아 두오."

사 씨가 굳이 주었으므로 그 여자는 감사하게 받고 이별을 안타까워하였다. 사 씨도 그 여자와 이별하기를 슬퍼하면서 그 집을 떠났다. 수일 후에는 노복이 노독과 풍토병에 걸려 마침내 객사하고 말았다. 사 씨는 충성스럽던 노복의 죽음을 슬퍼하고 배를 머물게 한 뒤에 그의 시체를 남향 언덕에 정성껏 안장하고 떠났다. 그러나 거기서 얼마 가는 동안 다시 폭풍이 일어서 파도가 집동같이 솟아서 배를 덮어 버리려고 몰려들었으므로 배는 위험을 피해서 동정호의 위수를 따라서 악양루에 이르렀다.

이곳은 옛날 열국 시대의 초나라 지경이었다. 우의 순임금이 순행하시다가 창호 땅에서 붕거하시자 아황과 여영의 두 왕후가 순임금을 찾지 못하고 소상강에서 슬피 울었을 때 그 피로 화한 눈물을 대숲에 뿌린 것이 대나무에 점점으로 얼룩이 졌는데, 그것이 유명한 소상반죽(瀟湘班竹)이 되었다는 전설이 있는 곳이다. 그 후에 나라의 신하 굴원이 충성을 다하여 왕을 섬기다가 간신의 참소를 받고 강남으로 축출되자 이곳에 와서 수간모옥을 짓고 지내다가 강물에 몸을 던져 버렸으며, 또 한나라의 가의는 낙양재사(洛陽才士)였으나 당의 권신에게 쫓겨서 장사에 와서 제문을 강물에 던져서 여기서 억울하게 빠져 죽은 굴원의 충혼을 조문한 고적으로서 옛날부터 이곳을 지나는 사람들의 심회를 비창하게 감동시켰다.

그러므로 그 슬픈 전설에 흐린 구름이 항상 구의산에 끼고 소상강에 밤이 오고 동정호에 달이 밝고 황릉묘에 두견새가 울 때는 비록 슬프지 않은 사람일지라도 저절로 눈물이 흐르고 탄식하게 되었으므로 천고의 의기가 서린 영지였다. 슬프도다.

사 씨는 대가집 주부로서 무거운 짐을 지고 정성을 다하여 장부를 섬기다가 음부 교 씨의 참소를 입고 하루아침에 몸이 떠돌게 되어 이곳에 이르러서 옛날의 충의 인사들의 영혼을 조상하면서 자신의 신세를 생각하니 어찌 슬프고 원통하지 않으랴.

악양루 밑에서 배를 내린 사 씨는 밤이 새도록 강가에 머문 배에서 기다리다가 날이 밝은 후에야 비로소 인가를 발견하고 유모와 시비를 거느리고 배에서 내렸다. 뱃사람들은 갈 길이 바쁘기 때문에 사 씨에게 몸조심하라는 당부와 슬픈 인사를 하고 떠나갔다.

이처럼 사 씨는 천신만고 뱃길을 얻어서 장사에 거의 다 왔다가 풍랑에 밀려서 이곳에 와서 배에서도 내렸으므로 앞길이 다시 막혔으니 창자가 촌절할 듯 아무리 생각하여도 죽을 수밖에 없게 되었다고 탄식하였다. 유모가 울면서 호소하였다.

"사고무친한 이 땅에 와서 또다시 앞길이 막혔으므로 부인은 장차 어떻게 귀하신 몸을 보전하려 하십니까?"

"인생이 세상에 나면 수요장단(壽夭長短)과 화복길흉이 천정(天定)한 운수임에 일시의 액운을 굳이 근심할 바 아니지만 이제 내 신세를 생각하니 자취기화(自取其禍)라 할 수밖에 없다. 옛말에도 하늘이 지은 화는 면할 수 있어도 스스로 지은 화에선 살아나지 못한다 하였는데 내가 지금 중도에 이르러서 이같이 낭패하니 다시 어디로 가며 누구를 의지하랴."

하면서 자탄하였다.

이때 유모가 도리어 사 씨 부인을 위로하여 말하였다.

"옛날의 영웅호걸과 열녀절부들도 이런 곤액을 당하지 않은 사람이 없습니다. 부인에게 지금 일지의 액화가 있으나 그 억울함은 명천(明天)이 살펴보시고 신명이 재방하여 청풍이 흑운을 쓸어버리면 일월을 다시 보실 것이니 부인은 너무 낙심 마십시오. 어찌 일시의 액운에 지쳐서 천금 같은 몸을 돌보지 않으시렵니까?"

그러나 사 씨는 여전히 힘을 잃고 탄식만 하였다.

"옛날 사람들도 액운을 겪은 이가 하나둘이 아니지만 자연 구해 주는 사람이 있어서 몸을 보존하였다. 그러나 지금 내 처지는 그렇지 못하여 연연약질이 위로 하늘을 우러러보지 못하고 아래로 땅에 용납되지 못하니 어찌하랴. 구차하게 된 인생을 살려고 할 것이 아니라 한 번 죽어서 옛날 사람처럼 꽃다운 이름을 나타내자는 것이 하늘의 뜻이요, 결코 우연한 일이 아닐 것같다. 강물이 맑아서 깊이가 천만장이니 마땅히 나의 한낱 뜻과 뼈를 감출 것이다."

하고 강물을 향하여 뛰어들려고 하였다.

유모가 놀라서 사 씨의 몸을 부여잡고 울면서 애원하였다.

"저희들이 천신만고하여 부인을 모시고 이곳에 이르렀는데,

부인이 만일 죽으시려면 저희들도 함께 죽어서 지하에서도 모시기를 원합니다."

"그것은 안 된다. 나는 죄인이니까 죽어도 마땅하지만 너희들은 무슨 죄로 나를 따라 죽는다는 말이냐. 도중에서 노자 다 떨어졌으니 너희들은 인가에 의탁하여 일을 해 주고 몸조심을 하다가 북방 사람을 만나거든 내가 이곳 강물에 빠져 죽었다는 소식을 고향으로 전해라."

하고 신신당부한 뒤에 거기 선 나무의 껍질을 깎고 큰 글씨로 '모년 모월 모일 사 씨 정옥은 시가에서 쫓긴 몸 되어 이곳에 이르렀다가 진퇴무로하여 몸을 이 강물에 던졌다.'고 썼다.

이 유서를 쓴 사 씨는 붓을 놓고 통곡하였다. 유모와 시녀가 좌우에서 사 씨를 붙잡고 슬피 우니, 일월이 빛을 잃고 초목이 시들어서 슬픈 듯하였다. 어느덧 날이 어둡고 달이 떠서 달빛이 강 위에 처량하게 비쳐, 사면에서 물귀신이 울어 대고 황릉묘에서 두견새가 처량하고, 소상강 대밭에서도 귀신 우는 소리가 끊임없이 들려서 악기(惡氣)가 사람을 침노하였다.

"밤기운이 몹시 차가우니 저 악양루에 올라서서 밤을 지내고 내일 다시 앞일을 선처하시기 바랍니다."

유모가 부인에게 권하자 부인이 유모의 말에 따라서 악양루로 올라갔다. 조각으로 된 들보가 하늘에 높이 솟아서 소상강

물에 임하였는데 오색구름이 구의산에서 피어 와서 악양루를 둘러싸고 달빛이 난간에 은은히 비쳤다. 또한 시인 묵객이 읊어 쓴 글귀의 현판이 벽에 무수히 걸려 있었다. 사 씨가 그 광경을 보고 길이 탄식하면서,

"이 악양루는 강호의 유명한 곳이지만 영웅호걸과 절부열녀 들이 이렇게 많이 이곳에 인연을 맺었을 줄 알았으랴. 내 비록 표박중이나 이곳에 온 것이 또한 우연한 일이 아니다."

하고 노주 세 사람이 그날 밤을 누상에서 지냈다.

그러자 이튿날 새벽에 누 밑에서 소란한 사람의 소리가 나며 수십 명이 누상을 향하여 올라왔다. 그들은 서울 사람들로서 이 곳에 왔다가 악양루의 해 뜨는 경치를 구경하려고 일찍 올라온 일행이었다. 사 씨는 갑자기 사람들이 나타났으므로 유모를 데 리고 뒷문으로 빠져 강변 숲으로 와서 말하였다.

"날이 밝았으나 노자가 없고 우리들이 의탁할 곳이 없으니 장차 어디로 가랴. 아무리 생각하여도 강물 속으로 몸을 감추는 수밖에 없다."

하고 사 씨가 또 강물에 몸을 던지려고 하였다.

유모와 시비가 망극하여 통곡하였다. 사 씨는 어제 종일을 굶 주리고 잠을 자지 못하여 지칠 대로 지쳤으므로 잠시 유모의 무 릎에 기댄 채 깜박 졸았다. 그때 비몽사몽간에 한 소녀가 와서,

"저의 낭랑께서 부인을 모셔 오라는 분부로 왔습니다."

하고 어디로인지 인도하여 가고자 하였다.

"너의 낭랑이 누구시냐?"

"저와 함께 가시면 아실 것입니다."

사 씨가 그 소녀를 따라서 어떤 곳에 이르니 고대광실의 전각이 강가에 즐비하게 빛나고 있었다. 소녀가 사 씨 부인을 인도하여 그 전각 안으로 들어갔다. 중문을 몇 개나 지나서 들어가자 큰 대궐 위에서 올라오라는 지시가 내렸다.

사 씨가 전 위로 올라가서 보니 좌우에 두 분의 낭랑이 황금 교의에 앉았고 그 좌우에 고귀한 여러 부인이 모시고 있었다.

사 씨가 예를 마치자 낭랑이 자리를 권하고 말했다.

"우리는 다른 사람이 아니라 순임금의 두 비다. 옥황상제께서 우리의 정사를 측은히 여기시고 이곳의 신령으로 삼으신 고로 여기서 고금의 절부열녀를 보살피면서 세월을 보내고 있다. 그런데 그대가 한때의 화를 만나고 이곳에 오게 된 것은 모두 하늘이 정한 운명이다. 그대가 아무리 죽으려 하여도 아직 죽을 때가 아니므로 허락할 수 없으니 마음을 진정하라."

사 씨가 자리에서 일어나서 사례하고 낭랑의 덕을 치하했다.

"인간계의 미천한 여자로서 항상 책을 통하여 성덕열절을 우러러 사모할 따름이옵더니 이제 여기 와서 뵙게 되올 줄 어찌 뜻하였겠나이까?"

"그대를 청한 것은 다름이 아니라 그대가 천금 중신을 헛되게 버려서 굴원의 뒤를 따르려 하니 이는 천도가 아니니라. 그대의 호천통곡은 천도가 무심함을 한함이니 이는 평일의 총명이 옹폐함이요, 그대의 액운이 비상한 탓이다. 그러므로 특별히 의논하고 오래 쌓인 회포를 듣고 위로해 주고자 한 것이다."

"상랑의 분부가 이러하오니 미첩이 품은 소회를 아뢰겠나이다. 저는 본디 한미한 사람입니다. 일찍 엄부를 잃고 자모 슬하에 자랐으며, 배운 바가 없어서 행실이 불미하던 중에 시부가 별세한 뒤에 크게 변하여 남산의 대(竹)를 베고 동해의 물을 기우려도 그 죄를 씻지 못할 누명을 쓰고 낯을 가리고 시가의 문을 하직하고 나왔습니다. 그 후에 눈물을 뿌려 시부의 묘하에 하직하고 강호를 유랑하다가 몸이 소상강에 이르러 진퇴양난하여 앙천 장탄하였으나 하는 수 없어서 천장수심(千丈水深)에 임하니 한 터럭 같은 일신을 어복(魚腹)에 장사 지낼 결심을 하였습니다. 이와 같이 아녀자의 마음이 망령되어 잘못을 깨닫지 못하고 호천통곡하여 낭랑께서 들으시게 됨에 심려를 끼쳤사오니 죽어도 아깝지 않습니다."

"모든 일이 천정한 바로서 인력이 아닌데 그대가 어찌 굴원의 뒤를 따르며 하늘을 원망하겠느냐? 하늘이 이미 나라를 멸망시키고 원한을 시원케 하시니 임금이 죄를 다스리고 충신의 이름이 나타나서 천백 세에 유전된 것이다. 그 옛일을 비겨서 보면 처음에는 곤액하나 장래에는 복록이 무량함이니 어찌 그때를 기다리지 않고 자결하겠느냐? 우리 형제(아황과 여영)는 규중약녀로서 배운 바 없으되 시가를 조심하여 섬김을 옥황상제가 가엾게 여기시고 기특히 여기셔서 이 땅의 신령으로 봉하여 그윽한 음혼을 다스리게 하였으며, 이 좌상의 여러 부인은 모두 현부열녀이므로 이따금 풍운의 힘을 빌려 이곳에 모여 서로 위로하니, 세상의 영욕이 어찌 문제가 되랴. 유가는 본디 적선지문(積善之門)인데 오직 유 한림이 조달하여 천하사를 통하나 골격이 너무 징청한 고로 하늘이 재앙을 내리사 크게 경계코자 잠깐 이리하다가 좋은 때가 오면 다시 재앙을 없이 하실 것이다. 그런데 그대는 어찌 그것을 모르고 조급히 구느냐. 그대를 참소하는 자는 아직 득의하여 방자 교만하지만 그것은 마치 똥벌레가 제 몸 더러운 줄을 모르는 것과 같으니 어찌 더러운 것과 곡직을 다루겠느냐? 하늘이 장차 대벌을 내리셔서 보응이 명백해질 것이다."

"어리석은 저를 이처럼 위로하시고 격려하여 주시니 감사하옵니다."

"그대 온 지가 벌써 오래 되었으니 내 말을 알았거든 빨리 돌아가라."

"제 허물을 낭랑께서 더럽다 하시지 않으시고 목숨을 구해 주시려 하오나 돌아가도 의탁할 곳이 없으므로 속절없이 강물에 몸을 감추겠사오니, 낭랑께서는 저의 정상을 살피고 이 말재(末才)를 시녀로 삼아서 이곳에 참례케 하여 주십시오."

하고 사 씨가 다시 애원하였다.

낭랑이 그 말을 듣고 웃으며 말했다.

"그대도 나중에는 이곳에 머무르게 되려니와 아직 때가 마땅치 않으니 빨리 돌아가라. 남해 도인이 그대와 인연이 있으니 그에게 잠깐 의탁함이 또한 천의(天意)로다."

"제가 전에 들은 바에 의하면 남해는 하늘 끝이라 길이 요원하다는데 이제 노자 한 푼도 없이 어떻게 거기까지 가겠습니까?"

"연분이 있어서 자연 가게 될 것이니 그런 염려는 말고 어서 돌아가라."

하고 동벽 좌상에 용모가 미려하고 눈이 별같이 빛나는 자를 가리키면서 그는 위국 부인이라 하고 또 한 사람을 가리켜서 반첩녀(潘妾女)라 하고 동한 때의 교대가와 양처사의 처 맹광이라고 일러 주었다. 그리고 '그대가 이미 여기 왔으니 옛사람의 이름을 서로 소개하는 것이다.'라고 웃어 보였다.

"오늘 여기 와서 여러 부인의 면목을 뵈오니 뜻하지 않았던 영광이옵니다."

하고 사 씨가 두루 예하자 여러 부인도 미소로 답례하였다.

사 씨가 하직하고 물러서려고 하자 낭랑이,

"매사를 힘써 하면 오십 후에 이곳에 자연 모이게 될 것이니 그때까지 세상에서 몸을 조심하라."

하고 청의동녀를 명하여 사 씨를 모시고 가라 하므로 사 씨가 전상에서 계하로 내리며 전상에서 열두 주렴 내리는 소리가 주르르 하고 맑게 울렸다.

그 소리에 놀라서 정신을 차리니 유모와 시녀가 사 씨 부인이 오래 기절한 것을 망극히 여기다가 사 씨의 소생을 반기며 구원하였다. 사 씨가 몸을 움직여서 일어나서 얼마나 잤느냐고 물으니 기절한 뒤 서너 시나 되었다 하면서 소생한 것을 신기하게 여겼다.

"부인께서 기절하셔서 저희들이 당황하여 백방으로 구완하다가 이제야 정신을 차리셨습니다."

하고 그동안의 경위를 고했다. 사 씨도 낭랑을 만나 보고 온 비몽사몽간에 본 이야기를 자세하게 하고,

"아무래도 보통 꿈과는 다르니 내가 그곳으로 가던 길을 찾아가 보자."

하고 소상강 가의 대밭으로 들어가니 과연 한 묘당이 있고 현판에 황릉묘라고 써 있었다. 이것은 아황, 여영 두 비의 사당으로서 사 씨가 꿈에 본 장소와 같으나 건물의 단청이 퇴색하고 황량하기 말이 아니었다. 사당 안으로 들어가서 전상을 바라보니 두 비의 화상이 꿈에 보던 용모와 조금도 다름이 없었다.

사 씨가 분향하고 축원하였다.

"제가 낭랑의 가르치심을 입사와 타일의 길할 때를 기다리겠사오니 낭랑의 성덕을 믿고 잊지 않겠습니다."

축원을 마치고 사당을 물러나서 서편 언덕에 앉아 신세를 생각하고 여전히 슬픈 회포를 탄식하였다. 그리고 묘지기 집에 가서 밥을 얻어 오게 해서 세 사람이 모두 먹었다.

"우리 셋이 방황하여 의지할 곳이 없으나 이것은 신령께서 야속하게 희롱하심이다. 낭랑의 말씀대로 참는 데까지는 참아 보자."

하고 탄식하는 동안에 해가 서산에 지고 달빛이 떠서 몽롱하게 주위를 비쳤다.

묘 안에 들어가서 사방을 살펴보니 밤은 깊어만 가고 짐승 소리가 여기저기서 들려왔다. 사 씨가 곰곰이 생각하되,

"사람이 세상에 나면 부귀빈천이 팔자 소정이나 여자로서 억울한 누명을 쓰고 갖은 고초를 겪으며 이곳에 와서 의탁할 곳이

없으니 아무리 아황, 여영의 영혼의 위로하는 말씀이 있었으나
역시 죽어서 만사를 잊어버리는 것이 상책이다."
하고 또다시 죽을 생각을 하였다.

이때 홀연히 황릉묘의 묘문이 열리고 두 사람이 들어와서 물
었다.

"부인이 또한 고초를 당하고 물에 빠지려고 하십니까?"

사 씨가 놀라서 바라보니 하나는 여승이요, 하나는 여동(女
童)이었다.

"그대들은 어떻게 우리 일을 아는가?"

여승이 황망히 읍하고 합장하면서 말했다.

"소승은 동정호 군산사에 있는데 아까 비몽사몽간에 관음보
살님이 나타나셔서 '어진 사람이 환란을 만나서 갈 바를 모르고
강물에 빠지려고 하니 빨리 황릉묘로 가서 구하라.' 하시므로
급히 배를 저어 왔는데 과연 부인을 만났으니 부처님 영험이 신
기합니다."

"우리는 죽게 된 사람이라 존사의 구함을 받으니 실로 감격
하나 존사의 암자가 멀고 가더라도 폐가 될까 합니다."

"출가한 사람은 본디 자비를 일삼는 처지이며 하물며 부처님
의 지시로 모시려고 왔는데 그게 무슨 말씀이오니까?"

하고 세 사람을 밖으로 인도하여 강가로 내려와서 배를 태우고

여동에게 노를 저어 가게 하자 순풍을 만나서 순식간에 군산사에 이르렀다.

이 섬의 산은 동정호 가운데 솟아 있으므로 사면이 다 물이요, 산은 푸른 대숲으로 덮여서 인적이 없는 한적한 곳이었다. 여승이 배에서 내려서 사 씨를 부축하고 길을 찾아 갔으나 사씨의 기운이 파하였고 산길이 험해서 열 걸음에 한 번씩 쉬면서 암자에 이르렀다. 수월암이라는 이 절은 매우 한적하고 정결하여 인세(人世)를 떠난 선경이었다.

사 씨는 몸이 피곤해서 곧 잠이 들어 이튿날 아침까지 깨지 못하였다. 여승이 먼저 일어나서 불당을 소제하고 향을 피우며 경자를 치며 부인을 깨워 예불하라고 권하였다. 사 씨가 유모들과 함께 불당에 올라 분향 배례하고 눈을 들어 부처를 쳐다본 순간에 문득 놀라며 눈물을 흘렸다. 알고 보니 그 부처는 다른 불체가 아니라 사 씨가 십육 년 전에 자기가 찬을 지어서 쓴 백의관음의 화상이었다. 그 화상에 쓴 찬의 자기 글씨를 보니 자연 놀라움과 슬픈 회포를 금할 수 없었던 것이다. 그 모양을 본 여승이 또한 깜짝 놀라서 물었다.

"부인의 말씀이 그러실진대 분명히 신성현 땅의 사 급사 댁 소저가 아니십니까?"

"그렇습니다. 스님이 어찌 내 신분을 아십니까?"

"부인의 용모와 음성이 본 듯해서 이상하게 생각하였습니다. 소승은 그때 저 관음화상의 찬을 당시의 소저에게 받아간 우화암의 묘혜입니다. 소승이 유 대감 댁의 명을 받고 부인에게 관음찬을 받아다가 보인즉 크게 칭찬하시고 아드님 유 한림과 혼인을 정하셨던 것입니다. 소승도 부인과 혼사를 보려고 하였으나 스승이 급히 부르셔서 산으로 돌아왔으므로 참례를 못하였습니다. 그 후에 소승은 스승 밑에서 십 년을 수도하였으나 스승이 입적하신 후에 이곳에 와서 암자를 짓고 고요히 공부하면서 불상을 예배하고 부인이 쓴 글과 필적을 볼 적마다 부인의 옥설 같은 용모를 생각해 왔습니다. 그런데 부인은 어찌하여 이런 고생을 하게 되었습니까?"

사 씨가 유 한림의 부인이 된 이후의 전후 사실을 자세히 들려주자 묘혜가 탄식하면서 사 씨를 위로하였다.

"세상 일이 항상 이러한 법이니 부인은 너무 슬퍼하지 마십시오."

부인이 감개무량해서 다시 관음불상을 우러러보니 외로운 섬 가운데 있는 한적한 절간에서 생기 유동하여 완연히 살아 있는 듯하고 사 씨가 소녀 시절에 지은 찬사가 또한 자기 유락함을 그린 그 경지와 흡사하였다.

"세상만사가 모두 하늘이 정한 운수인데, 인력으로 어찌하랴.

그러나 관음보살을 매일 분향하여 공양 기도하고 떼 놓고 온 어린 인아를 다시 만나야겠다."

하고 축원하며 남자로 변복하였던 것을 다시 여자 옷으로 갈아입었다.

묘혜가 조용한 때 사 씨 부인을 보고 말했다.

"부인이 이제 여기 와 계시나 왜 복색을 갈아입으십니까?"

"내가 자비로운 부처님과 스님의 보호를 받고 신변이 안전한데 어찌 어색한 변복으로 지내겠습니까."

"그렇게 마음이 안전되신 것을 소승은 고맙게 여깁니다. 그런데 유 한림은 현명한 군자이시니까 한때 참언에 속더라도 멀지 않아서 일월같이 깨닫고 부인을 화거주륜으로 맞아 갈 것입니다. 소승이 일찍이 스승에게 수도하여 주(籌)도 약간 알고 있으니 부인의 사주를 보아드리겠습니다."

부인이 자기의 생년월일시를 말하자 묘혜는 한동안 침음하며 점을 친 뒤에 크게 기뻐하고 풀이를 하였다.

"부인의 팔자는 앞으로 대길합니다. 초년은 잠깐 재앙이 있으나 나중에는 부부와 모자가 다시 화락하여 복이 무궁하실 것입니다."

"아아, 그 말씀을 믿고는 싶으나 어찌 믿고 안심하겠습니까? 이 박명한 인생이 스님의 과장하신 복을 어찌 받을 수 있겠습니까?"

하고 한담하는 동안에 도중에서 배가 풍랑을 만나고 병도 나서 어떤 인가에 들러서 휴양한 이야기와 그때 어진 주인 여자의 은덕을 입은 일을 칭찬하였다.

그러자 묘혜가 그 말을 듣고,

"그 여자가 소승의 질녀였습니다."

하고 뜻밖의 말을 하였으므로 사 씨가 의아해서 물었다.

"스님의 질녀라뇨?"

"이름이 취영이라 하지 않던가요. 제 어미가 그 애를 강보에 두고 죽고 제 아비가 변 씨를 후처로 취했는데 그 후 아비가 또 죽으니까 계모 변 씨가 취영이를 소승에게 맡겨서 삭발시키라 하지 않았겠어요. 그래서 내가 그 애의 관상을 보니 귀자(貴子)를 많이 두고 복록을 누릴 상이라 변 씨에게 데리고 살도록 권하였는데 요사이 들으니 효성이 지극하여 모녀가 잘 산다더니 부인이 이번 도중에서 우연히 만나보셨습니다그려."

"역시 스님의 인연으로 그 질녀의 덕을 보았던 모양입니다. 세상에서 얻기 어려운 것은 사람의 마음이라 나도 사람의 마음을 얻지 못하여 몸에 누명을 쓰고 쫓기는 사람이 되어서 이런 신세가 되었으니 어찌 슬프지 않겠습니까?"

"모두 하늘이 정하신 운수입니다. 부인과 소승이 잠시 인연이 있었으나 어찌 이런 곳에 계시겠습니까?"

사 씨가 묘혜의 말을 듣고 슬퍼하며 민망스러이 말했다.

"내가 이곳으로 온 것을 후회하겠습니까마는 집을 떠나 있으므로 집에 남은 인아의 신세가 외로운 것이며 그 생사조차 모르고, 또 근자에는 한림의 심정이 변한 데다가 집안의 요인(妖人)이 있어서 나를 해치고자 하다가 뜻을 이루지 못하였으므로 한림의 신상에 화가 미칠까 염려하던 중 내가 시부님 묘하에 있을 때 시부님 영혼이 현몽하셔서 일러 주신 말씀이 육 년 사월 십오 일에 배를 백빈주에 대었다가 급한 사람을 구하라고 신신당부하셨는데 어떤 사람이 그때 급화를 만나는지 모르겠습니다."

"유 한림은 복이 있으며 유 씨 가문이 대대로 덕을 쌓았으니 어찌 요화가 오래 침노하겠습니까? 그리고 백빈주의 급한 사람을 구하라 하신 말씀을 때를 어기지 말고 구하십시오. 유 상공은 본디 고명하신 분이었으니까 영혼인들 어찌 범연하시겠습니까?"

사 씨도 묘혜의 말이 옳다고 생각하고 그 수월암에 머물러서 세월을 보냈으나 그냥 한가롭게 놀지 않고 바느질과 길쌈을 부지런히 하여 절의 신세를 보답하였으므로 묘혜도 기뻐하고 부인을 극진히 공경하였다.

이때 교 씨가 본실의 지위로 정당에 거처하면서 가사를 총괄

하니 간악이 날로 더하여 비복들도 교 씨의 혹독한 형벌을 견디지 못하고 사 씨의 인자한 대우를 그리워하며 슬퍼하였다.

교 씨는 아래로는 비복을 학대하고 위로는 간악한 십랑과 공모하여 한림의 총명을 흐리게 하는 요물들을 집안에 끌어들여서 집안을 혼탁하게 만들고 있었다.

교 씨는 유 한림이 조정에 입번할 때는 그 틈을 타서 동청을 백자당으로 청하여 음란한 추행으로 밤을 새웠다. 교 씨가 그날 밤에도 동청을 데리고 백자당에서 자고 날이 밝으니, 동청은 외당으로 나가고 교녀는 피곤하여 늦도록 일어나지 못하고 있었다. 마침 유 한림이 출번으로 집에 돌아와서 정당에 이르렀는데, 교 씨가 보이지 않았다. 시비에게 물으니 백자당에 있다는 대답이었다. 유 한림이 곧 백자당으로 가서 아직도 전날 밤의 난잡한 몸매로 자고 있는 것을 보자 힐문하였다.

"왜 여기서 자는 거요?"

"요즘 정당에서 자면 꿈자리가 뒤숭숭하고 기운이 좋지 않아서 어젯밤에 여기서 잤습니다."

"그대 역시 그 방에서 자면 몽사가 흉하던가. 나도 잠만 들면 꿈자리가 번잡하여 정신이 혼침하고 입번으로 나가서 자면 편안해서 이상하더니 그대 역시 그렇다니 복술 잘하는 사람을 불러다가 물어보는 것이 어떨까?"

교 씨는 백자당으로 숨어서 동청과 간통한 사실을 유 한림이 알아챌까 겁내던 차에, 유 한림이 그런 말을 하므로 안심할 뿐 아니라 굿이라도 하라는 유 한림의 뜻이라 좋은 기회라고 기뻐 하였다.

이때 황제가 서원에서 기도를 일삼으며 미신에 빠져 있으므로 가의태우 서세가 상소하여 간하고 간신 엄 승상을 논핵하자 황제가 대로하여 서세를 삭직하고 멀리 귀양 보냈다. 이에 대하여 유 한림이 서세의 충성을 변호하고 그를 구하려고 상소하였으나 황제가 역시 질책하시고 신하에게 조서를 내려서,

"이후로 짐의 기도를 막는 자가 있으면 참하라."

하고 엄명을 내렸다.

이때 도관에 도진인이라는 사람이 있는데 유 한림과 친한 사이였다. 하루는 도진인이 유 한림을 문병차 방문해 왔다. 유 한림이 사람을 다 보낸 뒤에 진인만 머무르게 하고 내실로 데리고 가서 이 방에서 자면 흉몽을 꾸게 되니 무슨 악귀의 장난이냐고 물었다. 진인이 방 안의 기운을 살피더니,

"비록 대단치 않으나 역시 기운이 좋지 않소이다."

하고 하인을 시켜서 벽을 뜯고 방자물의 목인(木人) 여러 개를 꺼내서 유 한림에게 보였다.

유 한림이 대경실색하자 진인이 껄껄 웃고,

"이것은 굳이 사람을 해하려 함이 아니요, 오직 시첩이 유 한림의 중총(重寵)을 얻으려는 마음으로 한 소행입니다. 옛날부터 이런 방자로 사람의 정신을 미란케 하는 계교니까 이것만 없애 버리면 다른 염려는 없습니다."

하고 그 목인들을 곧 불살라 버리라고 권하였다.

"유 한림의 미간에 혹기가 가득 차 있고 집안의 기운이 또한 좋지 않습니다. 이때는 주인이 집을 떠나라고 술법에 나와 있으니 조심하여 제액(除厄)하십시오."

"삼가 명심하리다."

유 한림이 괴이하게 여기고 진인에게 후사하여 보냈다.

유 한림은 진인의 신기한 도술에 경탄한 뒤에 문득 깨닫는 바가 있었다. 지금까지는 집안에 이런 일이 있으면 사 씨를 의심하게 되어 있었는데 지금은 사 씨도 없고 방을 고친 지도 얼마되지 않았는데 이런 요물이 나왔으니 반드시 집안에 악사(惡事)를 꾸미는 자가 있다고 생각하였다. 그러고 보니 사 씨가 억울한 누명을 쓰고 쫓겨난 것이 아닐까 하고 의심하게 되었다.

원래 이 일은 교 씨가 십랑과 공모한 계교였는데 교녀가 동청과 백화당에서 동침한 사실을 숨기려고 창졸간에 꾸며 댄 핑계인데 그 내실에서 자면 꿈자리가 나쁘다고 한 것이 도진인의 도술로 발각되고 말았던 것이다.

유 한림이 비록 교 씨의 짓인 줄 깨닫지 못하고 오랫동안 정신이 흐려졌으나 지금 비로소 전일의 총명이 다시 소생한 셈이었다. 유 한림은 머리를 숙이고 과거 사오 년 동안 지낸 일을 곰곰이 반성하고 비로소 악몽을 깬 듯이 스스로 부끄러웠다.

이때 마침 장사로부터 고모 두 부인의 편지가 왔다. 그런데 두 부인은 아직도 사 씨를 집에서 쫓아 내보낸 사실도 모르고 사 씨의 일을 신신당부한 사연이 더욱 간절하게 유 한림의 반성을 촉구하였다.

'고모께서 사 씨를 축출한 지 여러 해가 되었는데 아직도 모르는 것이 의아스럽다. 그리고 사 씨가 결코 방탕하지 않으므로 옥지환 사건도 어떤 자의 농간이 아닌가.'
하고 새삼스럽게 의심하게 되었다.

눈치가 빠른 교 씨는 유 한림의 기색이 전과 달라진 것을 보고 그 기위가 늠름해진 유 한림에게 감히 요괴로운 수단을 피우지 못하게 되었다. 그리고 지금까지 사 씨를 음해한 계교가 탄로되지나 않을까 두려워하고 동청에게 상의하였다.

"요즘 유 한림의 기색을 보니 그전과는 아주 딴 사람이 되었어요. 우리 양인의 관계를 눈치챈 듯하니 어쩌면 좋겠어요?"

"우리 관계를 집안의 비복들이 모를 리 없으되 지금까지 유 한림의 귀에까지 들어가지 않은 것은 부인을 두려워했기 때문인데 지금 갑자기 기운을 잃고 약해지면 참소하는 자가 많을 테니 그렇게 되면 죽어도 묻힐 땅이 없을 것입니다."

"사세가 이렇게 되었으니 어찌하면 좋아요. 나는 여자라 좋은 궁리가 나지 않으니 당신이 좋은 방법을 생각해서 우리 두 사람의 화를 면하게 해 주어요."

교 씨가 간부 동청에게 매달려서 애원하였다.

"한 가지 방법이 있습니다. 옛말에 남이 나를 해치기 전에 내가 먼저 그를 해치라 하였으니 좋은 기회를 노려서 한림의 음식에 독약을 섞어서 먹여 죽이고 우리 둘이 백년해로합시다."

간악한 교 씨도 이 끔찍한 계획에는 한참 동안 침울하게 생각하였으나 결국 유 한림을 죽이지 않으면 제가 잡혀 죽으리라는 두려움에서 동의했다.

"결국 그럴 수밖에 없군요. 그러나 사전에 누설되면 큰일이니 둘이만 극비로 일을 진행시킵시다."

교 씨와 동청이 이런 끔찍스러운 음모를 하는 줄도 모르고 유 한림은 마음이 울적해서 친구를 찾아다니며 한담이나 하며 기분을 풀려고 하였다. 하루는 교 씨와 동청이 유 한림이 없는 틈을 타서 깊은 밤에 숨어서 은근히 정을 나누고 역시 유 한림 해칠 계획을 상의하다가 동청이 책상 서랍에서 우연히 유 한림이 쓴 글을 얻어 보게 되었다. 동청이 그 글을 읽어 보다가 희색이 만면해지며 말했다.

"하늘이 우리 두 사람으로 백년가우가 되게 해 주실 테니 부인은 아무 걱정 말아요."

교 씨가 의아하여 동청의 손을 잡아 흔들면서 물었다.

"그게 정말이오? 무슨 좋은 징조가 있나요?"

"요전에 황제께서 조서를 내려서 짐의 기도 행사를 금하려고 간하는 자는 참하라 하여 계신데, 지금 다행히 한림이 쓴 이 글을 보니 엄 승상을 간악소인에 비하여 비방하고 있습니다. 이 증거가 되는 글을 갖다가 엄 승상에게 보이면 엄 승상이 황제께 알려서 엄형에 처할 것이 아닙니까? 그러면 우리 양인은 마음 놓고 백 년을 즐겁게 살 수 있지 않습니까?"

"아이 좋아라!"

교녀가 반색을 하고 제 볼을 동청의 볼에 대고 문지르면서 음란한 교태를 부리며 시시덕거렸다.

"이번 계획이 공명정대한 나라의 위엄으로 처치하게 됐어요. 요전에 독살하려던 계획은 위험해서 걱정이더니 참 잘 됐어요. 역시 당신 말처럼 하늘이 우리 사랑을 도와주신 거지요."

하고 음란한 행색이 더욱 해괴하였다.

동청은 교 씨와 껴안고 뒹굴던 몸을 털고 일어서서 소매 속에 유 한림의 글을 넣고 곧 엄 승상 댁으로 가서 엄 승상을 만났다.

"그대는 누군데 왜 왔는가?"

"저는 한림학사 유연수의 문객입니다마는, 그 사람이 승상님과 나라에 반역죄인인 것을 알았기 때문에 참지 못하여 그 비행을 알려드리려고 왔습니다."

엄 승상은 평소에 못마땅하게 여기던 유 한림의 약점을 알리러 왔다는 말에 귀가 번뜩 뜨였다.

"그래 그가 나를 어떻게 모해하던가?"

"그 사람의 의논을 들으면 항상 승상을 해치려고 하더니, 어제는 술에 취해서 저에게 하는 말이 엄 승상은 군부(君父)를 그르치는 놈이라고 욕하면서 모든 일을 송휘종(宋徽宗) 시절에 비하고, 황제께서 엄명을 내려서 간하는 상소는 못할지라도 글을 지어서 내 뜻을 풀리라 하고 이 글을 쓰기에, 글 뜻을 제가 물으니 승상을 옛날의 유명한 간신들에게 비유하였으며 짐짓 묘한 풍요(風謠)의 글이라고 자랑하였습니다. 그래서 제가 속으로 분격하고 이 글을 훔쳐서 승상께 드립니다."

하고 동청은 그럴 듯한 거짓말을 붙여서 참소하였다,

엄 승상이 그 글 쓴 종이를 받아서 본즉 과연 천서와 옥배의 간악을 풍자해서 지은 글이 분명하였다. 엄 승상이 잘 되었다는 듯이 냉소하고,

"흠, 유연수 부자만이 내게 항복하지 않고 음으로 양으로 나

를 거역하더니 망령된 아이가 나라를 희롱하고 나를 원망하니 인제 죽고 싶은 모양이로구나."

하고 그 글을 가지고 궁중으로 들어가서 황제를 찾아 만났다.

"근래에 나라의 기강이 풀어져서 젊은 학자가 국법을 두려워하지 않으니 심히 한심하옵니다. 이제 성상께서 법을 세워 계시므로 감히 상소치 못하고 불출한 한림 유연수가 왕 흠약의 천서와 진원평의 옥배로 신을 욕하오니 신이야 무슨 욕을 먹어도 참을 수 있사오나 무엄하게도 성주를 기롱하오니 마땅히 국법을 밝혀서 기강을 바로 세워야 할까 하옵니다."

하고 국궁 배례하고 유 한림 필적의 글을 증거품으로 어전에 바치었다.

황제가 그 글을 받아서 보시고 대로하여 유연수를 잡아서 옥에 가두고 장차 극형에 처하려고 하였다.

이 소문에 놀란 태우 서세가 상소하였다. 그전에 자기가 억울하게 엄 승상에게 몰려서 귀양 간 때에 유 한림이 그를 구명하려고 상소하였다가 엄 승상의 미움을 받던 결과라고 생각한 서세가, 이번에는 죽음을 각오하고 유 한림을 구하려는 정의감에서 올린 상서였다.

'성상께서 충신을 죽이려 하시는 그 죄상이 무엇인지 알지 못하오나, 청컨대 그 글을 내리셔서 만조백관에게 알리게 하오.'

황제가 서세의 상소문을 보시고 말했다.

"유연수가 천서와 옥배로써 짐을 기롱하니 어찌 사죄를 면하리오?"

이에 대하여 서세가 다시 아뢰었다.

"이 글을 보오니 천서 옥배로 비유하여 성상을 기롱함이 분명치 않으며, 한무제의 송인종은 태평지주라 유연수 죄를 입더라도 죽일 죄는 아닌데 어찌 밝게 살피지 않사옵니까?"

황제가 이 말에 침음하시자 엄 승상은 좌우에서 간언이 일어날 기세를 보고 심중에 불평이 북받쳤다. 그러나 여러 조신의 이목을 가리지 못하여 선심을 쓰는 척하였다.

"서학사의 말이 이러하오니 유연수를 감형하여 귀양 보냄이 마땅하옵니다."

황제가 허락하시사, 엄 승상은 유 한림을 엄중히 경호하여 먼 북방의 행주 땅으로 귀양 보내라고 유사에게 명하고 집으로 돌아갔다. 그의 집에서 기다리던 동청이 불만을 품고 말했다.

"그런 중죄자를 죽이지 왜 살려서 귀양 보내는 경벌에 그치게 하셨습니까?"

"나도 죽이려고 하였는데 조정에서 간언이 많아서 그러지는 못했으나 행주는 수토가 험악한 북방이라 귀양 간 자로서 살아 온 자가 없으니 칼로 죽이는 거나 별로 다름이 없다."

동청이 그 말을 듣고서 안심한 듯이 기뻐하면서 교 씨에게 알리려고 백자당으로 달려갔다.

유 한림이 벼락같은 흉변을 만나서 귀양길을 떠나는 날 교 씨는 비복을 거느리고 성 밖에 나와서 전송하면서 거짓 통곡을 하며 한림에게,

"한림께서 먼 곳으로 고생길을 떠나시는데 첩이 어찌 떨어져서 홀로 살겠습니까? 한림을 따라가서 생사를 같이 하고자 하옵니다."

하고 가장 열녀답게 호소하였다.

"내 이제 흉지로 가서 생사를 기약하지 못하니 그대는 집을 잘 지키고 조상의 제사를 받들고 아이들을 잘 길러서 성취시킬 직책이 있는데 어찌 나를 따라가겠다는 말이오? 인아가 비록 사나운 어미의 소생이나 골격이 비범하니 거두어 잘 기르면 내가 죽어도 눈을 감을 것이오."

"한림의 아들이 곧 제 자식이니 어찌 제 배를 앓고 낳은 봉추와 조금이라도 달리 생각하겠습니까?"

"부디 그렇게 부탁하오."

유 한림이 재삼 부탁하였다. 그리고 집사 동청이 보이지 않으므로 어찌된 일이냐고 비복에게 물었다.

"집을 나간 지 삼사 일이 되었습니다."

유 한림은 그가 집을 나갔다는 말을 듣고 속으로 잘 되었다고 생각하였다. 이때 호위하는 관졸이 재촉하므로 비복 약간 명만 데리고 먼 귀양길을 떠났다. 유 한림을 음해하여 귀양 보내게 한 동청은 그 후에 승상 엄숭의 가인이 되었다가, 엄숭의 세도로 인진되어 진유현 현령으로 출세하여 되었다. 이에 득의양양해진 동청은 교 씨에게 사람을 보내서 기별하였다.

"내 이제 진유현령이 되어 재명일 부임하게 되었으니 함께 가도록 차비를 차리시오."

이 기별을 받은 교 씨가 기뻐하면서 집안사람들에게 거짓말을 꾸며,

"내 사촌 형이 먼 시골에 살다가 병으로 세상을 떠났다는 부고가 왔으므로 가야겠다."

하고 심복 시녀 납매 등 다섯 명과 인아, 봉추 형제를 데리고 남은 비복들은 자기가 다녀올 때까지 집을 잘 지키라고 이르고 집을 떠났다. 이에 인아를 맡아 기르던 유모가 따라가고자 원하였으나,

"인아는 젖을 먹지 않아도 아무 관계없으니 내가 장례를 보고 곧 돌아올 테니 너는 가지 않아도 좋다."

하고 꾸짖어 물리쳤다.

그리고 집에 있던 금은주옥을 비롯한 값진 재물을 모두 꾸려

가지고 갔으나, 그 눈치를 아는 사람도 감히 막을 수가 없었다. 집을 떠난 교 씨가 사흘 동안 주야로 급행하여 약속한 지점에 이르니 동청이 부임 행차의 의의를 갖추고 벌써 거기 와서 기다리고 있었다. 그들 탕아 음부는 서로 만나서 이제는 저희들 세상이 되었다고 기뻐 날뛰었다.

"인아는 원수 사 씨의 자식인데 데려다 무엇하겠소? 빨리 죽여서 화근을 없앱시다."

동청의 말을 옳게 여기고 시비 설매에게,

"인아가 장성하면 너와 내가 보복을 당할 테니 빨리 끌어다가 물에 넣어서 자취를 싹 없애 버려라."

하고 명하였다.

설매가 곧 인아를 안고 강가로 가서 물에 던져 버리려고 할 때 천진난만한 어린아이는 금방 죽을 줄도 모르고 악마 같은 설매의 품속에서 색색 잠을 자고 있었다. 이것을 본 설매의 마음에는 자기도 모를 측은한 생각이 들어서 눈물을 흘리면서 혼잣말로,

"사 씨 부인의 인덕이 저 강물같이 깊은데 내가 억울하게 죽는 데 방조하고 이제 그 자식마저 해치면 어찌 천벌을 받지 않으랴."

하고 차마 죽일 수가 없어서 인아를 강가의 숲 속에 감추어 두

고 돌아와서 교녀에게 거짓말을 하였다.

"아이를 물속에 던졌더니 물속에서 잠깐 들락날락 하다가 가라앉고 보이지 않았습니다."

이 보고를 들은 교녀와 동청이 기뻐하고 채선(彩船)에 진수성찬을 차려서 술을 통음하고 비파를 타고 노래를 하면서 음란하기 형언할 수 없었다.

거기서 배를 내려서 위의를 갖추고 육로로 진유현에 도임하였다.

한편 유 한림은 금의옥식으로 생장하여 높은 벼슬을 지내다가 일조에 적객의 몸으로 영락하여 귀양길을 촌촌전진하여 적소에 이르렀다. 그 도중에 고초가 참혹하였으며 북방의 수토가 황량하고 험악할 뿐 아니라 주민들의 습관이 포악무도하였으므로 과거의 일을 회상하고 후회하여 마지않았다.

'사 씨가 동청을 집사로 채용할 때부터 꺼려 하더니 그 슬기로운 사람 봄을 이제야 깨달았다. 이는 내가 화근을 자초하고 사 씨를 학대하였으니 지하에 가서 무슨 면목으로 선조의 영혼을 대할 것이냐?'

하는 생각으로 한숨을 쉬는 동안에 자기도 모르는 눈물이 비 오듯 쏟아졌다.

이때부터 주야로 심화가 가슴을 태워서 병이 되어 눕게 되었다. 그러나 이 지방에서는 약을 구할 길이 없어서 병은 점점 위중해질 뿐이었다. 그러던 중 하루는 비몽사몽간에 노인이 와서,

"한림의 병이 위중하시니 이 물을 잡수시고 쾌차하시기 바랍니다."

하고 권하였다.

유 한림이 이상히 여기고 물었다.

"노인은 누구신데 이 외로운 적객의 병을 구해 주시려고 합니까?"

"나는 동정호 군산에 사는 사람입니다."

그 말만 하고 물병을 마당에 놓고 홀연히 떠나가므로 재차 물으려고 부르는 자기 음성에 깨어 보니 병석에서 꾼 꿈이었다.

유 한림은 이상한 꿈이라고 생각하고 있던 차 이튿날 아침에 노복이 뜰을 쓸다가 놀라며 중얼거리는 소리가 유 한림에게 들렸다.

"뜨락 마른 땅에서 갑자기 웬 물이 솟아날까? 참 이상도 하다."

유 한림이 목이 타서 신음하다가 창을 열고 내다보니 물 나는 곳이 꿈에 나타났던 노인이 물병을 놓고 간 그 장소였다.

유 한림이 노복에게 그 물을 떠 오라 해서 먹어 보니 맛이 달고 시원해서 감로수같이 좋았다. 그 물 먹은 즉시로 유 한림의

병이 안개 가시듯이 금방 낫고 기분이 상쾌해졌으므로 보는 사람들이 모두 신기하게 여기고 탄복하였다. 그 소문을 들은 지방 사람들이 모여 와서 먹고 모두 수토병이 나았으며 그 후로 이 행주 지방의 수토병이 근절되고 말았다. 이에 감격한 사람들은 그 우물을 기념하기 위하여 학사천(學士泉)이라고 불러서 후세까지 유명하게 되었다.

한편 동청은 교 씨와 함께 진유현에 도임한 후에 백성에 대하여 탐람을 일삼았으며 세금을 가혹하게 받는 등 고혈을 착취하였다. 그래도 부족한 동청은 황제에게 상소하여 승상 엄숭에게 가봉(加俸)을 요청하였다.

'진유현령 동청은 고두재배(叩頭再拜)하옵고 수상 좌하에 이 글을 올리나이다. 소생이 미한한 정성을 다하여 승상을 섬기고자 하되, 이 고을이 산박하며 재화가 없으므로 마음과 같지 못하오니 재정과 산물이 풍부한 남방의 수령을 시켜 주시면 더욱 정성을 다할 수 있을까 하옵니다.'

엄 승상이 이 기회에 수단가인 동청을 아주 심복으로 만들려고 곧 남방의 웅읍(雄邑)의 수령으로 영전시키려고 곧 황제에게 진언하였다.

"진유현령 동청이 재기 과인하므로 큰 고을을 감당할 만하오니 성상께서 적소에 써 주시기 바라옵나이다."

"경이 보는 바가 그러하면 각별히 큰 고을의 수령으로 승진시켜서 그의 재능을 발휘하게 하라."

하고 곧 허락하셨다.

이때 마침 계림태수의 자리가 비어 있으므로 엄 승상은 곧 동청을 금은보화가 많이 나는 고을로 영전시켰다. 그리하여 제 뜻대로 재물이 풍부한 계림의 태수가 된 동청은 교 씨를 데리고 부임하여 더욱 탐관오리의 수완으로 백성의 고혈을 짜내기에 분망하였다.

때마침 황제가 태자를 책봉하는 나라의 큰 경사가 있었으므로 유학사도 사은(赦恩)을 입었다. 그러나 곧 서울 본집으로 돌아오지 않고 친척이 있는 무창으로 향하였다. 여러 날 길을 가다가 장사 땅을 지나게 되었는데 이때가 마침 여름의 염천이라, 더위로 여행이 어려웠다. 피곤한 몸의 땀을 식히려고 길가의 나무 그늘에서 쉬면서 전후사를 생각하였다.

'내 신령의 도움으로 삼 년 동안의 귀양살이에서도 심한 수토병도 면하였고, 또 천사(天赦)를 입어서 돌아가게 되었으니 북경의 처자를 데려다가 고향에 두고 생을 어옹(漁翁)이 되어 성대의 한가한 백성으로 지내면 얼마나 즐거우랴.'

하고 외로운 몸을 스스로 위로하고 있었다.

이때 갑자기 북쪽에서 왁자지껄하는 인성이 들리더니 붉은

곤장을 든 관졸과 각색 기치를 든 하인들이 쌍쌍이 오면서 길을 치우라고 호통을 하였다. 유 한림이 무슨 어마어마한 행차인 줄 짐작하고 몸을 얼른 부근 숲 속으로 숨기고 보니 한 고관이 금 안백마 위에 높이 타고 수십 명의 부하를 거느리고 지나고 있었다. 유 한림이 그 말을 탄 사람을 자세히 본즉, 분명히 자기 집에서 집사로 일하던 그 간악한 동청이었다.

"아니 저놈이 어떻게 높은 벼슬을 하고 이 지방을 행차해 갈까?"

의심하고 일행의 거동을 살펴보니, 그 기구가 자사(刺使)가 아니면 태수의 지위임이 분명하였다.

'아하, 저 간통스러운 놈이 천하의 세도가 엄 승상에게 아부하여 저런 출세를 하였구나.'

하고 더욱 치밀어 오르는 분노를 느꼈다.

동청이 탄 백마가 지나간 뒤에 곧 이어서 길 치우라는 관졸의 호통이 들리더니 여러 빛깔과 무늬가 있는 옷을 입은 시녀 십여 명이 칠보금덩을 옹위하고 지나갔다. 그것이 동청의 처의 일행이라고 짐작한 유 한림은 그 행렬이 다 지나간 뒤에 다시 큰길로 나와서 한참 가다가 주점에 들러서 점심을 사 먹었다. 이때 맞은편 집에서 여자 한 명이 나오다가 주점에서 점심을 먹는 유한림을 보고 놀라면서 물었다.

"유 한림께서 어떻게 이런 곳에 와 계십니까?"

유 한림도 놀라서 그 여자의 얼굴을 자세히 보니 그 여자 는 다름 아닌 사 씨의 시녀였던 설매였다.

"나는 이제 은사를 입고 귀양이 풀려서 황성으로 돌아가는 길이다마는, 너는 어떻게 이곳에 왔느냐? 그래 그동안 댁내가 평안하냐?"

"대감님, 이리로 오세요."

설매는 황망히 유 한림을 사람 없는 장소로 모시고 가서 눈물을 흘리면서 목멘 소리로 말했다.

"그동안 댁에서 겪은 일을 다 아뢰겠습니다. 한림께서는 아까 지나간 행차가 누구인지 아십니까?"

"동청이 무슨 벼슬을 하고 가는 모양이더라."

"뒤에 가던 가마 행차는 누구로 아셨습니까? 동해수를 기울여도 씻지 못할 원통한 일입니다."

"그야 필경 동청의 내자일 게 아니냐?"

"동태수의 그 내권자가 바로 교 낭자입니다. 소비도 일행을 따라가다가 말에서 떨어져서 옷을 갈아입으려고 저 집에 들렀다가 뜻하지 않게 한림을 이렇게 뵈옵게 되었습니다."

유 한림이 설매의 말을 듣고 기가 막혀서 한참 말을 못하다가 이윽고 설매에게 다시 물었다.

"세상에 이럴 수가 있느냐! 좌우간 이렇게 된 자초지종을 자세히 말하라."

유 한림이 비통한 안색으로 재촉하자, 설매가 흐느껴 울면서 호소하였다.

"소비는 하늘을 속이고 주인을 저버린 죄가 천지에 가득하오니 한림께서 관대히 용서하여 주십시오."

"내 지난 일은 탓하지 않을 테니 사실대로 숨기지 말고 말하라."

"사 씨 부인께서는 비복을 사랑하셨는데 불충한 소비가 우둔한 탓으로 교 낭자의 시비 납매의 꼬임에 빠져서 사 씨 부인의 옥지환을 훔쳐 내었으며 교 낭자 소생 장주를 죽였습니다. 그리고 그 죄를 사 씨 부인에게 씌워서 축출케 하는 계교에 방조한 것이 모두 소비의 죄올시다. 그 근원은 모두 교 낭자가 동청과 사통하여 갖은 추행을 일삼으면서 요녀 십랑과 공모하여 꾸민 간계였습니다. 한림께서 행주로 귀양 가시게 된 것도 교 낭자가 동청과 함께 엄 승상에게 참소하여 꾸민 농간이었습니다. 그리고 한림께서 행주로 귀양 가신 뒤에 교 낭자는 동청을 따라 도망할 때도 형의 초상을 당하여 조상하러 간다는 거짓말을 하고 댁에 있는 보화를 전부 훔쳐 가지고 갔습니다. 소녀는 비록 배우지 못한 비천한 계집이나 이런 해괴한 변은 꿈에도 생각지 못하던 일입니다. 또 교 낭자의 투기와 형벌이 혹독하여 시비들을 악형으로 괴롭혔으며, 소비도 비록 한때 이용은 당했으나 언제 살해될지 모르는 목숨입니다."

하고 설매는 자기 소매를 걷고 팔뚝에 악형당한 흉터를 내보이면서 말을 이었다.

"미천한 제 신세라 어미 품을 떠나서 호구지책으로 종의 몸이 되어서 그런 포악한 상전을 만났으니 누구를 원망하오며 제가 저지른 죄가 끔찍하오니 만 번 죽은들 어찌 속죄하겠습니까?"

유 한림이 설매의 보고와 참회하는 말을 듣다가 '인아도 죽이려고⋯⋯.' 하는 말에 이르러서, 크게 실성하고 아찔해서 정신을 잃고 말았다. 이윽고 정신을 차린 유 한림이,

"내가 어리석어서 음부에게 속아 무죄한 처자를 보전치 못하였으니 무슨 면목으로 세상과 조상께 대하랴."

하고 탄식하자 설매는 인아를 죽이려던 경과에 대하여 말을 계속하였다.

"교 씨가 소비에게 인아 공자를 물에 넣어 죽이라는 명을 받고 강가에까지 갔으나, 그때 비로소 소비의 잘못을 뉘우치고 차마 교 씨 말대로 할 수가 없어서 길가의 숲에 숨겨 두고 가서 물에 넣었다고 거짓 보고하였습니다. 그러니까 혹 어쩌면 그 인아

공자는 어떤 사람이 데려다가 잘 기르고 있을지도 모릅니다. 다행히 그렇게라도 되었으면 제 죄의 만분지일이라도 덜어질까 하고 공자의 생존을 신명께 빌어 왔습니다."

이 말을 들은 유 한림이 약간 미간을 펴고 말했다.

"다행히 너의 그 갸륵한 소행으로 인아가 살았다면 너는 그 애의 생명의 은인이다."

"밖에 저를 데리러 온 사람이 있으니 지체하면 의심받을까 겁이 납니다. 떠나기 전에 한 말씀 급히 아뢰고 가겠습니다. 어제 악주에서 행인을 만나서 들은 소식이온데 한림 부인께서 장사로 가시다가 풍랑을 만나서 물에 빠져 돌아가셨다는 말도 하고, 다른 사람은 어떤 도움으로 살아 계시다고 풍문이 자자하여 갈피를 잡지 못하겠으니 한림께서 수소문하여 자세히 알아보시고 선처하십소서."

설매는 밖에서 부르는 동행 시비를 따라 급히 가 버렸다.

설매가 교 씨의 행렬을 쫓아가자, 교 씨가 의심하고 늦게 온 이유를 추궁하였다.

"낙마한 상처가 아파서 곧 오지 못하였습니다."

하고 평계하였으나 교 씨는 의심이 많고 간특한 인물이라 설매를 데리고 동행해 온 시비에게 다시 물었다.

"설매가 옷을 갈아입고 나오다가 그 앞집의 주점서 어떤 관위를 만나서 한동안 이야기하느라고 이토록 늦게 되었습니다."

"그 사람이 누구더냐?"

"행주 땅에 귀양 갔다가 풀려서 돌아오는 유 한림이었습니다."

교 씨가 깜짝 놀라서 행차를 멈추고 동청과 함께 선후책을 상의하였다. 동청도 대경실색하고,

"그놈이 죽어서 탸향 귀신이 될 줄 알았는데 살아서 돌아오니 만일 다시 득의하면 우리는 살지 못할 것이다."

하고 건장한 관졸 수십 명을 뽑아서 유 한림의 목을 베어 오면 천금의 상을 주리라고 명하였다.

이런 소동이 일어난 것을 본 설매는 교 씨에게 맞아 죽을 것을 겁내고 뒤로 가서 나무에 목을 매고 죽었으므로 교 씨는 그년 잘 되었다고 기뻐하였다.

이때 유 한림은 설매로부터 기막힌 소식을 듣고 힘없는 걸음으로 가면서 생각하였다.

'내가 음부의 간교한 말을 듣고, 현처를 멀리하여 자식을 보전하지 못하고 일신이 이처럼 표박하게 되었으니 만고의 죄인이다. 무슨 면목으로 지하에 가서 처자를 보겠느냐.'

하고 악주에 이르러 강가를 배회하면서 부근 사람들에게 그 강물에 빠져 죽었다는 사 씨의 소문을 알아보려고 하였으나 모두

모른다는 대답이었다.

유 한림은 그래도 단념하지 않고 끈덕지게 수소문하다가 어떤 노인을 만나 물었더니 어느 해 어느 달 어떤 부인이 시녀 두어 명을 데리고 악양루에서 밤을 지새고 강가로 내려가는 것을 보았으나 그 후의 일은 모르겠다고 알려 주었다.

유 한림은 그것이 필경 사 씨로서 물에 빠진 것이 틀림없으리라고 더욱 절망하고 슬퍼하였다.

유 한림은 그 강가를 떠나지 못하고 사방으로 배회하다가 큰 소나무 껍질을 깎아 거기에 큰 글씨로 쓴 것을 발견하였다.

'모년 모월 모일 사 씨 정옥은 시가에서 쫓긴 몸 되어 이곳에 이르렀다가 진퇴무로하여 몸을 이 강물에 던졌다.'

이 유서를 발견한 유 한림은 깜짝 놀라서 통곡하다가 그대로 기절하였다. 시동이 황망히 구원하여 한림은 정신을 차리고 다시 탄식하였다.

"부인이 그 현숙한 덕행으로 비명에 죽었으니 어찌 슬프지 않으랴. 억울한 물귀신에게 제사라도 지내서 위로하리라."
하고 제문을 지으려 하자 마음이 아득하여 눈물이 앞을 가려서 붓이 내려가지 않았다.

이때에 갑자기 밖에서 함성이 진동하였다. 놀라서 문을 열고 보니 장정 수십 명이 칼과 창을 들고서 들이닥치면서 외쳤다.

"유연수만 잡고 다른 사람은 상하지 말라!"

유 한림이 놀라서 뒷문으로 도망쳐서 방향도 없이 허둥지둥 달아났다. 마치 그물을 벗어난 물고기 같고 함정에서 뛰어나온 범같이 정신없이 도망하였다. 그러나 얼마 가지 않아서 앞길이 막히고 바다 같은 큰물이 가로놓였으므로 정신이 아득하여 진퇴가 극히 어려웠다.

"유연수가 이 물가에 숨었으니 샅샅이 뒤져서 잡아라!"

뒤에서 추격하는 괴한들이 호통을 쳤다. 유 한림은 이제는 잡혀서 죽을 수밖에 없다고 하늘을 우러러 호소하였다.

"내가 선량한 처자를 애매하게 학대하였으니 어찌 천벌을 받지 않으랴. 남의 손에 죽느니보다는 차라리 물에 빠져서 스스로 죽으리라."

하고 물에 몸을 던지려는 순간 문득 배 젓는 소리가 은은히 들려왔다.

유 한림이 그 뱃소리 나는 곳을 찾아 허둥지둥 가면서,

'어떤 사람이 나의 위급한 몸을 구해 주려는 것일까.'

하고 요행이라도 있기를 하늘에 빌었다.

동정호 섬에 있는 수월암의 묘혜 스님은 사 씨 부인을 보호하며 세월을 보내고 있었는데 하루는 사 씨에게,

"부인, 오늘이 사월 보름날인데 그전에 하시던 말을 잊으셨

나요?"

하고 물었다.

사 씨는 세상과 인연이 없는 섬 속의 한가로운 암자에서 세월 가는 줄도 모를 정도로 체력이 필요 없는 생활이라, 그 중대한 사월 보름날의 일도 잊고 있었던 것이다.

"금년 사월 보름날에 배를 백빈주에 매고 있다가 급한 사람을 구하라는 예언을 시부님 영혼이 가르치셨다 하셨는데 오늘이 바로 그날입니다. 어서 백빈주로 배를 저어 가십시다."

사 씨는 그날 황혼에 배에 올라 백빈주로 저어 가면서 급해서 이 배의 구원을 받은 사람이 어떤 사람일까 궁금히 여기면서도 반가운 사람이면 얼마나 좋으랴 하는 생각이 들자 자연 자기 신세의 슬픈 회포에 사로잡히게 되었다.

유 한림이 뱃소리가 가까워 오는 강가로 내려가면서 물위를 보니 어떤 여자가 일엽편주를 저어 구슬픈 노래를 탄식처럼 부르며 오고 있었다. 그 노래의 구절이 유 한림에게 들려왔다.

창파에 달이 밝으니
남호의 흰 마름을 캐리로다
꽃이 아름다워 웃고자 하되
배 젓는 사람 슬퍼하는도다

이 노래를 받아서 부르는 또 다른 여자의 노래도 들렸다.

물가의 마름을 캐니

강남의 날이 저물었네

동청에 사람 있어 고인을 만나리로다

유 한림이 배를 향하여 빨리 배를 대어서 사람 살려 달라고 구원을 청하였다. 배를 젓던 묘혜가 백빈주 물가로 배를 대려고 하자 사 씨가 당황해서 묘혜를 말리면서,

"저 사람의 음성이 남자인데 이상한 남자를 이 배에 태워도 괜찮겠습니까?"

하고 주저하였다.

그러나 묘혜는 조금도 저어하지 않고,

"급한 인명이 천금보다 귀중한데 목전에 죽을 사람을 어찌 구하지 않겠습니까?"

하고 급히 배를 저어서 물가로 대었다.

유 한림이 배에 뛰어오르면서 애원하였다.

"도적놈들이 내 뒤를 쫓아오니 빨리 배를 저어 주시오."

조금만 늦었으면 유 한림은 추격하던 동청의 부하 관졸에게 잡힐 뻔하였다. 체포 직전에 뜻하지 않은 배를 타고 떠나는 것을 본 괴한들은 호통을 치며 배를 불렀다.

"배를 도로 돌려 대라. 그렇지 않으면 전부 죽여 버린다!"

그러나 묘혜는 못 들은 척하고 배를 저어 그들의 추격을 피해 갔다.

"그 배에 태운 놈은 살인한 죄인이다. 계림태수께서 잡으라는 놈이니 그놈을 잡아 오면 천금 상을 주신다."

유 한림은 자기를 잡아 죽이려는 놈들이 보통 도적이 아니고 동청이가 보낸 관졸임을 분명히 알았다. 머리끝이 새삼스럽게 쭈뼛해지고 전신에 소름이 끼친 유 한림은 묘혜를 향하여 호소하였다.

"나는 한림학사 유연수로서 살인한 죄가 없는데 저 도적놈들이 공연히 꾸며서 하는 소리입니다."

묘혜는 유 한림이 선량한 사람인 줄로 알았으므로 도적들을 비웃는 듯이 닻줄을 치면서 노래를 부르기까지 하였다.

창오산 저문 날에
달빛이 밝았으니
구의산의 구름 개는데
저기 가는 저 속객은
독행 천리 어디를 부질없이 가는가

유 한림은 사지(死地)에서 뜻밖에 구해 준 배 안의 두 사람의 여자, 그중의 늙은 여자가 부르는 이 노래의 의미도 알아들을 경황이 없었다. 이때 배 안에 담장소복으로 앉아 있던 젊은 여자가 유 한림을 보더니 놀랍고 반가워서 울음을 터뜨렸다.

유 한림이 이상히 여기고 자세히 보니 자기의 아내 사 씨가 분명하지 않은가.

"부인을 여기서 만나다니, 이것이 웬일이오!"

유 한림은 뜻밖에 만난 부인에게 인사한 후에 자연 나오는 탄식은 부인에 대한 자기 불찰의 후회와 사과가 아닐 수 없었다.

"내가 이제 무슨 낯을 들어 부인을 대하겠소. 부끄럽고 마음이 괴로워서 할 말이 없소. 그러나 부인은 정신을 진정하고 이 어리석은 연수의 불명을 허물하시오."

하고 설매에게 갓 듣고 온 소식을 마치 자백하듯이 말하였다.

즉 사 씨가 집을 떠난 후에 교 씨가 십랑과 공모하고 방자로 저주한 일이며 또 설매가 옥지환을 훔쳐 내다가 냉진과 더불어 갖은 흉계를 꾸민 말을 다 하였다. 사 씨가 남편의 이런 뉘우치는 말을 듣고 감사하면서 떨리는 음성으로,

"한림께 이런 말씀을 듣지 못하였으면 죽어도 어찌 눈을 감았겠습니까?"

하고 흐느껴 울었다.

한림이 또 설매를 꼬여서 장주를 죽이고 춘방에게 미루던 말과, 동청이 엄 승상에게 참소하여 자기가 죽을 뻔하였다는 말과 교 씨가 집안의 보물을 전부 가지고 동청을 따라간 경과를 알리자 사 씨는 기가 막혀서 묵묵히 울고만 있었다. 유 한림은 부인이 아직도 자기의 잘못을 야속히 여기는 분함을 풀지 않고 대답도 않는 것이 아닐까 하고 더욱 가슴이 답답하였다.

"다른 것은 참을 수 있다 하더라도 어린 자식 인아가 죄도 없이 부인의 품을 잃고 아비도 모르게 강물 속의 무주고혼(無主孤魂)이 되었으니 어찌 견딜 수 있겠소."

하고 탄식하는 유 한림의 눈에서 눈물이 비 오듯이 흘러내렸다.

사 씨는 처음부터 너무 놀라워서 말도 못하고 있다가 유 한림의 말을 다 듣자 외마디 비명을 지르고 기절하고 말았다. 한림이 황급히 구호하여 부인이 정신을 차리자 한림은 실의 상태에 빠진 부인을 위로하려는 듯, 또는 요행을 바라는 듯이,

"설매의 말을 들으니 인아를 차마 물에 던져 죽이지 못하고 길가의 숲 속에 숨겨 두었다 하니 혹 하늘이 도우셨으면 어떤 고마운 사람이 데려다 길러 주고 있을지도 모르니 만나지 못하더라도 어디서든지 살아 있기만 해도 내 죄가 덜할까 하오."

사 씨가 흐느껴 울면서 비로소 입을 열었다.

"설매의 그 말인들 어찌 믿을 수 있습니까? 설사 숲 속에 넣

어 두었더라도 어린 것이 어찌 살기를 바라겠습니까?"

서로 죽은 줄 알았다가 만난 부부는 반갑기보다도 어린 인아의 생사로, 새로운 슬픔에 사로잡혀서 오열하였다.

"아까 강가의 소나무를 깎고 쓴 필적을 보니 부인이 물에 빠져 죽은 유서가 분명하므로 슬픈 회포를 제문으로 지어 제사를 지내고 고혼이나마 위로하려고 하다가 마침 동청이 보낸 자객 놈들을 만나서 데리고 오던 동자의 잠을 깨울 새 없이 쫓겨서 강가까지 왔으나 앞에 물이 막혀서 죽을 지경에 이르렀을 때 뜻밖에 부인의 배로 생명의 구원을 받았으니 감사하여 마지않는데, 도대체 부인은 어떻게 이곳에 와서 나를 구해 주었소?"

"제가 선산 묘하에 있을 적에 도적이 위조 편지를 하여 제가 속아서 납치될 뻔하였으나 시부님께서 현몽하셔서 모년 모월 모일에 배를 백빈주에 대령하고 있다가 급한 사람을 구하라고 신신당부하셨는데, 오늘이 바로 그때 분부하신 날입니다. 그러나 제가 아득히 잊고 있었던 것을 저 스님께서 기억하시고 있어서 오늘 배를 타고 왔더니 과연 한림을 위급에서 구하게 되었으니 저 묘혜 스님은 우리 양인의 생명의 은인입니다. 아까 보셨다는 소나무의 유서를 쓰고 물에 뛰어들려고 했을 때도 묘혜 스님이 구해다가 스님 암자에서 지금까지 보호하여 주셨습니다."

유 한림이,

"우리 부부는 묘혜 스님의 힘으로 살았으니, 그 태산 같은 은혜에 감사합니다."

하고 묘혜를 향하여 사례한 뒤에 물어보았다.

"지금 생각하니 묘혜 스님은 원래 서울에 계시던 스님이 아니십니까?"

"호호, 소승의 일을 한림께서 기억하고 계십니까?"

"기억만 하겠습니까. 당초에 우리 혼사를 담당해 주시고 이제 또 우리 부부를 구해 주시니 하늘이 우리 부부를 위하여 스님을 이 세상에 내셨는가 하옵니다."

묘혜가 유 한림의 감사에 사양하면서,

"한림과 부인의 천명이 장원(長遠)하시기 때문이지 어찌 소승의 공이라 하겠습니까? 그러나 이곳에서 오래 계실 것이 아니라 빨리 소승의 암자로 가셔서 편히 쉬시기 바랍니다."

하고 묘혜가 배를 젓기 시작하자 순풍이 불어서 순식간에 암자 있는 섬에 도달하였다.

수월암에 이르러서 묘혜가 객당을 소제하고 유 한림을 맞아들이고 차를 대접할 때 사 씨를 모시던 유모와 시녀가 유 한림을 뵈옵고 일희일비의 주종(主從)의 회포를 금하지 못하였다.

유 한림이 부인을 보고 말하였다.

"이제 호구의 환은 벗어났으나 의지할 곳이 없고 가업이 황폐하였으니 무창으로 가서 약간의 전량을 수습하여 앞일을 정한 후에 서울로 올라가서 가묘를 모시고 전죄(前罪)를 사코자 하니 부인이 나를 버리지 않으면 동행하기 바라오."

"한림께서 저를 더럽다 하시지 않으시면 제가 어찌 역명하겠습니까. 제가 선산을 떠날 적에 친척을 모아서 가묘를 개축하였습니다. 그런데 이제 제가 댁으로 돌아가는 것이 어떨까 합니다. 제가 옛일을 죄로 생각한 것은 없으나 사람을 대하기가 부끄러워서 그렇습니다. 출거지인이 다시 입승하는 데 예절이 있어야 하지 않을까 합니다."

"아, 내가 너무 급하게 생각한 모양이오. 내가 먼저 가서 묘를 모셔 오고 소식을 수소문한 후에 예를 갖추어서 데려가리다."

"그는 그러하오나 한림의 외로운 몸이 또 도적의 무리를 만나시면 위태하니 조심하여 가십시오. 동청이 폭도를 보내어 잡지 못하였으므로 필연 다시 잡아 죽이려고 할 것이 분명하니 한림은 성명을 바꾸고 변복으로 가십시오."

유 한림이 사 씨 부인의 염려가 옳다 하고 혼자 떠나서 여러 날 만에 고향땅 무창에 이르러서 약간의 재산을 수습하고 선산을 수축하고 노복을 시켜서 농업을 경영하도록 지시하였다.

한편 동청은 교녀를 데리고 계림태수로 도임해 가다가 악양루 부근에서 유 한림이 은사를 받고 귀양이 풀려서 행주에서 돌아온다는 소식을 듣고 깜짝 놀라서 장정 수십 명을 급히 보내어 목을 베려고 하였으나 실패로 돌아가자 교 씨와 함께 당황해서 어쩔 줄을 몰랐다.

"유연수가 무사히 서울로 가면 우리 죄상을 황제께 아뢰고 원한을 풀 것이니 어찌 방심하겠소?"

하고 심복 관졸들에게 유연수를 극력 수색하여 잡으라고 엄명하였다.

사 씨 학대에 공모하던 냉진도 의지할 곳이 없어서 생각한 끝에 큰 벼슬을 한 동청을 찾아서 도움을 청하였다. 동청이 환대하고 심복을 삼고 그의 간교로 갖은 악행을 하여 백성을 가렴주구하고 왕래하는 행인을 유인하여 독주를 먹여 죽이고 재물을 약탈하였다. 이리하여 남방의 사람들은 모두 동청의 학정을 저주하고 그의 고기를 씹으려고 민심이 흉흉해졌다. 교 씨는 계림에 간 지 얼마 되지 않아서 데리고 온 아들 봉추가 병들어 죽었으므로 역시 어미의 정으로 번민하였다.

큰 고을 계림에는 자연 관사가 많아서 분망하였다. 따라서 동청이 자주 관하 소현에 순행하여 집을 비우는 날이 많았다.

그리하여 동청이 본아에 없는 동안은 불량배 냉진이 내외사를 다스리게 되어 세도를 부리는 한편, 요부 교 씨는 동청의 눈을 속이고 냉진과 간통하고 추태를 재연했다. 마치 유 한림 집에서 유 한림의 눈을 속이고 동청과 간통하던 버릇을 그대로 되풀이하였던 것이다.

동청은 자기의 지위와 재산을 더 얻으려는 수단으로 계림 지방 백성의 재물을 수탈하여 십만 보화를 엄 승상에게 뇌물로 바치려고 그의 생일 축하 선물 명목으로 냉진에게 전달시켜 보냈다. 그런데 냉진이 서울에 와서 보니 이미 엄 승상의 세도가 무너진 때였다.

황제도 그의 간악함을 깨닫고 관직을 삭탈하고 가산을 압수하는 중이었다. 냉진은 깜짝 놀라서 그 화가 자기에게 미칠 것을 두려워했다. 자기의 보호자요 공모자인 동청의 죄악이 많은 사실은 세상이 다 알고 있었으나 그의 배후에는 엄 승상의 세도가 두려워서 감히 말하지 못하였던 것이다. 언제나 제 욕심에서 남을 이용만 하고 의리라고는 추호도 없는 냉진은 자기가 살아날 계교로 동청을 숙청시키는 공을 세우려고 등문고(登聞鼓)를 울려서 법관에게 민정을 호소하였다. 법관이 무슨 소송이냐고 묻자 냉진은 천연스러운 우국양민의 열변으로 진술하였다.

"저는 북방 사람으로서 남방에 다니러 갔다 왔습니다. 계림 지방에서는 태수 동청이 불인 무의하여 학정을 일삼을 뿐 아니라 하늘을 속이고 무소불위하여 행인을 겁박하여 재물을 탈취하는 등 열두 죄목을 아룁니다."

법관이 냉진의 진술대로 황제에게 아뢰자 황제께서 대로하고 금오관을 파견하여 동청을 잡아 가두라고 분부하고 따로 순찰관을 보내서 민정을 조사한즉, 냉진이 고발한 사실과 조금도 틀리지 않는 학정을 일삼고 있는 사실이 증명되었다. 조정에는 이미 동청의 죄를 비호해 줄 엄 승상이 숙청되었으므로 그를 구해 줄 사람은 없었다. 간악한 동청이 아무리 간신의 세도를 믿고 갖은 악행으로 재물을 구산같이 쌓고 살기를 원하였지만 어찌 불의의 뜻대로 되리오.

그는 속절없이 잡혀 와서 장안 네거리에서 요참의 형을 받았으며 백성에게 도적질한 재산을 몰수한 황금이 사만 냥이요, 그 밖의 재물은 헤아릴 수 없을 정도로 사람들을 놀라게 하였다.

냉진은 동청을 배반한 덕으로 제 죄를 면하였을 뿐 아니라, 동청이 엄 승상에게 보내던 뇌물 십만 냥을 고스란히 착복하게 되었다. 그리고 동청의 덕을 볼 때에 간통하던 교녀를 데리고 당당한 부부 행세로 살게 되었다. 그러나 역시 서울에서 살기에는 뒤가 켕겨서 멀리 산동으로 피해 갔다.

탕남음녀는 산동으로 가는 도중에 어떤 여관에서 술에 만취하여 정신없이 자고 있었다. 그들을 태우고 가던 차부 성대관이란 놈이 본디 도적놈이었으므로 냉진의 행장에서 큰 돈 냄새를 맡고 기회를 노리고 있다가, 그날 밤에 냉진의 재물을 송두리째 훔쳐 가지고 도망해 버렸다. 냉진과 교녀는 함께 잠을 깬 후 도적맞은 것을 알고 애고하고 한탄할 따름이었다.

이때 황제가 조회를 받고 각 읍 수령의 불치를 탐문하시는 중 동청의 죄상 보고를 듣고 통탄하시었다.

"이런 도적을 누가 그런 벼슬에 천거하였는고?"

"엄 승상의 천거로 진유현령에서 계림태수로 승진시켰던 것입니다."

하고 승상 석가뇌가 보고해 올렸다.

"그렇다면 이 한 가지로 미루어 보면 엄 승상이 천거한 자는 모두 소인이요, 그가 배격하던 자는 모두 어진 사람임을 가히 알 수 있다."

하시고 엄 승상의 잔당은 모두 벼슬을 삭탈하고 엄 승상의 질시로 몰려서 귀양 갔거나 좌천되었던 신료를 다시 임용하여 관기를 일신하였다.

이번의 큰 인사 이동으로 가의대부 호연세로 도어사를 삼으시고 한림학사 유연수로 이부시랑을 삼으시고 또 과거를 실시하여 인재를 천하에 구하셨다. 이때 외해랑이 급제하여 문벌의 영화를 보전하였으니, 그는 유 한림의 부인 사 씨의 남동생이었다. 사 씨가 두 부인을 찾아서 남방의 장사로 향할 때 두 총관은 이미 이직하고 서울로 돌아갈 때에 두 부인도 함께 상경하였다.

사 공자는 서울에서 그런 줄도 모르고, 또 누님이 장사로 가다가 중간에서 낭패한 사실도 전혀 모르고, 배를 얻어 타고 장사로 가려던 참에 서울의 조보를 보고 두 총관이 순천부사로 영전된 것을 알았다. 마침 과거 시행의 시일이 멀지 않아 있게 되었으므로 사 공자는 두 부인이 상경하기를 기다리며 과거 공부를 하다가 다행히 과거에 급제하였다. 그때 마침 순천부사로 승진된 두 총관이 부임 준비차 상경하였다. 사 공자는 곧 누님의 소식을 물었으나 두 부사는 소식을 모른다고 눈물을 머금고 슬퍼하였다.

사 공자는 누님이 장사로 가다가 중도에서 낭패하고 진퇴유곡하여 마침내 물에 빠져 죽었다는 소문을 듣고 누님 소식을 알려고 물가에 가서 두루 찾았으나 생사를 모른다는 소식을 두 부인께 보고하였다.

"그때 그곳의 어떤 사람 말로는 어느 해 유 한림이 그곳에 와서 사 씨 부인이 물에 빠져 죽었다는 필적을 보고 슬퍼하고 제문을 지어 제사를 지내려고 하다가 그날 밤에 도적에게 쫓겨서 어디로 간지 모른다고 합니다. 그러나 이제 조정에서 유 한림을 다시 벼슬에 영전시키려고 찾으나 아무도 알지 못한다 하오니 기쁨이 도리어 더욱 슬픔이옵니다."

"그렇다면 한림은 살지 못하였을 듯하다."

하고 두 부인이 여러 사람을 보내서 사방으로 탐문하자, 유 한림은 아직 죽지 않았다는 말이 더 많다는 보고였다.

이에 용기를 얻은 사 공자가 행장을 차리고 악양루 근처의 강가에 이르러서 극진히 누님과 유 한림의 행방을 찾았다. 그러나 역시 행방이 묘연하여 알 길이 없었다. 그래서 일단 단념은 하였으나 남양 지경이 장사와 멀지 않으니 도임한 후에 찾으려고 생각하였다.

이때에 유 한림은 이름을 고치고 모든 행동을 취하였으므로 그의 신분을 알 사람이 없었다. 그리고 유 한림은 고향에서 비복에게 농사를 열심히 짓게 하고 그 수확의 일부를 군산사에 있는 사 씨 부인에게 보내고 동자에게 소식을 알아오라고 일러 보냈다. 다녀온 동자가 돌아와서 말했다.

"부인께서는 무사하십니다. 그런데 약주관아에서 방을 붙이고 한림을 찾고 있습니다. 그 연고를 물어보았더니 황제께서 한림을 임용하셔서 이부시랑을 제수하시고 사신을 귀양지 행주로 보내서 찾았으나 벌써 은사를 입고 돌아가셨으나 종적을 몰라서 각처에 방을 붙이고 한림을 찾는 중이라 합니다. 그래서 소복은 감격하였으나 한림의 허락을 받지 못하였으므로 관원에게 고하지 못하고 빨리 소식을 알려 드리려고 달려왔습니다."

유 한림은 동자의 이 소식을 듣고 속으로 생각하였다.

'엄 승상이 천권하면 내 어찌 이부시랑에 초용되리오. 내가 초용되었다면 엄 승상이 쫓겨난 모양이구나.'

하고 무창으로 나가서 관청에 복명하자 관원이 크게 놀라서 급히 맞아 당상으로 인도하였다.

"황제께서 선생을 이부시랑으로 제수하시고 소명이 미급하시온데 이제 어디로부터 오십니까?"

"소생이 뜻하는 바가 있어서 신분을 숨기고 다니다가 황제께서 엄 승상을 조정에서 몰아내시고 현자를 부르시는 말씀을 듣고 왔습니다."

유 한림은 무창 관원에게 이렇게 신분을 밝혔다. 그리고 외로운 섬의 암자에서 좋은 소식을 기다리는 부인에게 이 소식을 전하였다. 그리고 오늘부터 유 시랑의 신분이 된 유연수는 빨리 상경하여 황제께 복명하려고 역마를 몰아 길을 재촉해 갔다.

유 시랑이 남창부에 이르자 지방 장관이 명함을 드리고 인사하였다. 유 시랑이 명함을 받아서 본즉 성명이 사경(謝敬)으로 되어 있으나 본인의 얼굴은 모르는 사람이었다.

지방 장관은 유 시랑을 귀빈으로 영접하고 주찬으로 환대하였다.

그런데 그 관원의 얼굴에 수색이 가득 차 있으므로 이상히 여기고 물으니,

"하관이 심중에 소회가 있어서 자연 기운이 없어 보인 모양이니 실례를 용서하여 주십시오."

하고 자기 누님을 한 번 이별한 후에 생사를 모르고 매부 유 한림의 종적도 묘연하다는 한탄을 하면서 눈물을 주르르 흘렸다. 유 시랑이 비로소 그 지방 장관이 처남 사 공자임을 알고 손을 잡고 탄식하였다.

"아 자네가 내 처남 아닌가. 내 얼굴을 자세히 보게."

남창부윤 사경이 놀라서 자세히 보니 분명히 매부 유 한림이라, 반갑게 소매를 잡고 누님의 소식을 물었다.

"내가 우암하여 무죄한 누이를 집에서 내쫓아서 그 후에 갖은 억울한 고생을 시켰으니 자네 대할 면목이 없네."

"지난 일은 하는 수 없습니다. 누님은 지금 어디 계십니까?"

"묘혜 스님의 구원을 받고 지금 군산사에 잘 있으니 염려 말게."

"누님이 생존해 있는 것은 매형님의 복입니다. 묘혜 스님의 은혜는 백골난망입니다."

"자네는 너무나 마음을 상하지 말게. 천은이 호대하셔도 다 갚기 어려운데 나의 박덕으로 이런 영복을 당하니 황송하기 그지없네."

하고 서로가 술잔을 나누며 끝없는 이야기를 다하지 못하고 이별하였다.

유 시랑은 서울로 나가서 황제께 사은하자 친히 불러 보시고 간신 엄 승상에게 속아서 유 시랑의 충성을 모르고 고생시킨 일을 후회하였다. 유 시랑이 황송하여 감격의 눈물을 흘리며 아뢰었다.

"성은이 이렇게 홍대하시니 미신이 황공무지하옵니다."

"경의 뜻이 굳어서 특히 강서백(講書伯)을 삼으니 인심찰직(仁心察職)하기 바라오."

"황공하옵니다."

유 시랑이 어전을 하직하고 집으로 돌아오니 비복들이 나와서 맞으며 눈물을 흘렸다. 당사가 황량하고 정자에 잡초가 무성하여 주인이 없음을 여실히 나타내고 있었다. 유 시랑이 사당에 참배하며 통곡 사죄하고 고모 두 부인을 찾아 사죄하니 부인이 흐느껴 울며 말했다.

"이 늙은 몸이 살았다가 현질이 다시 귀달(貴達)함을 보니 죽어도 한이 없다. 그러나 네가 조종향사를 폐한 지 오래니 그 죄가 어찌 가벼우랴."

"제 죄는 만 번 죽어도 부족하오나 다행히 부부가 다시 만났으니 죄를 용서하소서."

두 부인이 질부와 만났다는 말에 놀라운 기쁨을 참지 못하고,

"조카의 액운이 인제야 다하였구나. 옛날에 현인에게는 복을 내리고 악인은 재화를 만난다 하니 너는 이제 회과자책(悔過自責)하겠느냐?"

유 시랑이 전후사를 모두 고하고 앞으로 다시는 그런 간악에 속지 않고 근신할 것을 다짐하였다.

"그 같은 대악이 어찌 세상에 용납되겠습니까?"

하고 거듭 사과하였다.

이때 모든 친척이 유 시랑을 찾아와서 하례하고 위로하였다.

"이것은 모두 가운인데, 어찌 인력으로 막았으리오."

유 시랑이 친척들과 하직하고 강서로 갈 제 그 위용이 매우 장엄하였다. 이때 사 추관이 누님을 데려오겠다고 말하자 유 시랑은 허락하고 자기는 강가에 가서 맞을 테니 먼저 떠나가라고 약속하였다.

동생 사 추관이 미리 편지를 보내고 동정호의 섬 군산사에 이르니 사 씨 부인이 미리 알고 기다리다가 만나서 기쁨을 이기지 못하고 수년 동안 그리던 정회를 풀었다. 사 추관은 유 시랑의 편지를 전하였다. 사 씨가 편지를 받아 보니 남편은 방백을 하였는지라 감격하여 묘혜 스님에게 사은하고 유 시랑이 보내 온 예물을 전하였다.

"이것은 모두 부인의 복이지 어찌 소승의 공이겠습니까?"

이윽고 작별하게 되자 사 씨 부인과 묘혜 스님이 마치 모녀의 이별같이 서로 슬퍼하였다. 사 추관이 묘혜에게 재삼 은혜를 치하하자 묘혜 또한 재삼 사양하고 앞으로도 여러분의 복록을 불전에 축원하겠다고 말하였다.

그날 사 추관이 객당에서 자고 이튿날 부인과 함께 발정하자 묘혜가 암자의 여러 승니와 산에서 내려와서 떠나는 배를 기쁨과 슬픔으로 전송하였다.

일행이 약속한 지경에 강가에 배를 대니 유 시랑이 이미 그곳에 와서 기다리고 있었는데 금수채장(錦繡彩帳)이 강변을 덮고 환영하는 사람이 물가에 정렬하고 기다렸다. 시비가 새 의복을 사 씨에게 올리니 부인은 칠 년 동안이나 입었던 소복을 비로소 벗고 화복으로 갈아입고 부부가 상봉하니 세상에 희한한 경사였다.

여기서 뱃길로 강서로 행하여 고향집에 이르니 비복들이 감격으로 환영하였다. 유 시랑 부부가 묘에 참배할 제 제문을 지어서 부부가 재합함을 보고하는 사의가 간절하더라. 이 소문을 들은 강서 지방의 대소관원이 모두 유 시랑을 찾아와서 예단을 드려 하례하고 사 추관에게도 하례하였으며, 유 시랑은 큰 잔치를 베풀어서 빈객을 접대하였다.

사 씨는 남편을 만나서 다시 유가의 주부가 되었으나 새로운 슬픔이 있으니 아들 인아의 생사 소식이었다. 사방으로 수소문하였으나 인아의 행적은 묘연하여 알 길이 없었다.

어느덧 신년을 맞으면서 부인이 유 시랑에게 은근히 술회하였다.

"그전에 제가 사람을 잘못 천거하여 가사가 탁란하였던 일을 회상하면 모골이 송연합니다. 지금은 그때와 다르고 제 나이도 사십에 이르러서 생산하지 못한 지 십 년이라 밤낮으로 큰 걱정입니다. 후손을 위하여 다시 숙녀를 얻어 생남의 길을 마련할까 합니다."

"후손을 위하여 소실을 권하는 부인의 뜻은 고마우나 그전에 교녀로 말미암아 인아의 생사를 알지 못하여 통입골수(痛入骨髓)한데 어찌 또다시 잡인을 집안에 들여놓겠소?"

부인이 한숨을 지으며 말했다.

"제가 시랑과 동서 삼십 년에 일점혈육이던 인아의 생사를 모르고 아직 사속(嗣屬)이 없으니 지하에 가서 무슨 면목으로 조상을 뵈오리까?"

"그러나 부인의 연기가 아직 단산할 때가 아니니 그런 불길한 말을 하지 마시오."

"상공은 그런 고집은 마시고 제 말을 들으십시오."

하고 묘혜 스님의 질녀가 현숙하고 또 귀자(貴子)를 둘 팔자라 하면서 유 시랑의 첩으로 삼으라고 굳이 권하였다.

유 시랑은 사 씨 부인의 성의에 마지못하여 묘혜 스님의 질녀라는 여자의 근본을 물은 뒤 부인의 생각에 맡기겠다고 허락하였다.

"또 청할 일이 있습니다."

부인이 말을 바꾸어 남편과 상의하였다.

"노복이 충성으로 나를 시중하다가 조난한 뱃속에서 죽었으니 그 영혼을 위로해 주어야겠으며, 또 황릉묘가 황폐하였으니 중수해야겠으며, 또 묘혜 스님의 암자가 있는 군산 동구에 탑을 세워서 모든 은혜를 갚고자 합니다."

유 시랑이 부인의 청은 마땅히 하여야 할 사은의 지성이라 하고 모두 많은 재물을 희사하여 시설하였다.

묘혜 스님은 유 시랑 부부가 보낸 후한 금백으로 곧 수월암을 중수하고 군산 동구에 탑을 신축하여 부인탑이라고 불렀다. 특히 황릉묘를 장엄하게 중수하고 노복의 영혼을 위로하려고 관곽을 갖추어서 다시 후장을 지내 준 데 대하여 사 씨 부인의 기특한 뜻을 세상이 칭송하여 마지않았다.

사 씨의 사동이 황릉 묘지기에게 중수 비용을 전하고 돌아오는 길에 회룡령 땅에 들러서 묘혜 스님의 질녀를 찾아갔다. 이때 그 낭자가 그전에 알았던 사 씨 부인의 사동을 보고도 채 알지 못하고 물었다.

"총각은 어디서 어떻게 또 이곳에 왔소?"

"낭자는 왜 나를 몰라보십니까? 연전에 사 씨 부인을 모시고 장사를 가던 길에 댁에서 수일간 신세를 진 사환입니다."

"아참 그렇군. 내가 몰라 뵈서 미안해요. 사 씨 부인은 안녕하신지요?"

사동이 그 후에 지낸 사 씨 부인의 사실을 대략 전하자 낭자는 사 씨 부인이 누명을 벗고 시가로 돌아가서 잘 계시다는 말과 그것이 모두 낭자의 고모님 묘혜의 공이라는 말을 듣고 매우 기뻐하였다.

인사가 끝난 뒤에 사환은 사 씨 부인이 보낸 편지를 낭자에게 내놓았다. 임 낭자가 감격하고 봉을 떼어 보니 사연이 매우 간곡하였으므로 사 씨 부인을 다시 한 번 만나보고 싶었다.

벌써 칠 년 전에 설매가 인아를 차마 물속에 던지지 못하고 가만히 강변의 숲 속에 놓고 간 뒤에 인아가 잠을 깨어 아무도 없으므로 큰 소리로 앙앙 울고 있었다.

이때 마침 남경으로 장사차 지나가던 뱃사람이 우는 어린아이를 찾아가 보니 얼굴 생김이 비범하고 가엾어서 배에 싣고 가다가 갈 길이 멀고 남경 가서도 누구에게 맡겨야 하겠기로, 도중의 연화촌에서 인아를 사람의 눈에 띄기 쉬운 곳에 내려놓고 갔다.

이때 마침 임 남자와 변 씨가 같은 꿈을 꾸었는데 문밖에 이상한 광채가 비치었으므로 놀라서 깨니 꿈이었다. 급히 울 밖으로 나가서 본즉 용모가 잘난 어린아이가 울고 있으므로 임 낭자가 안고 집으로 돌아왔다.

그들은 하늘의 꿈을 통해서 얻은 귀동자라고 기뻐하고 고이 길렀다. 그러다가 변 씨가 세상을 떠난 뒤로는 임 낭자가 친동생같이 기르고 있었다.

동리 사람들은 효성이 지극하고 용모가 고운 임 낭자가 부모를 다 잃고 외롭게 지내게 되자 동정도 하고 탐도 나서 여러 군데서 혼인하기를 청하였다.

그러나 임 낭자는 고모 묘혜 스님이 장차 귀한 몸이 되리라던 말만 생각하면서 시골 농부의 집으로 출가하기를 원하지 않고 장차 재상의 부인이 될 것만 믿고 있었다.

사 씨 부인은 임 낭자의 재덕을 생각하고 유 시랑에게 허락을 받은 후 사환을 연화촌에 보내고, 얼마 지나 다시 시녀와 교부를 보내서 임 낭자를 데려오게 하였다.

임 낭자가 사 씨 부인을 만나려 생각하던 차에 가마로 데리러 왔으므로 감사히 여기고 얻어서 기르던 소년(인아)을 데리고 함께 사 씨 부인을 만나 반겼다. 아이는 동생이라 하였기 때문에 아무도 이상하게 생각하지 않았다.

사 씨 부인은 임 낭자에게 유 시랑의 둘째 부인이 되기를 권하였다. 임 낭자는 이것이 꿈인가 의심하면서도 고모 묘혜 스님의 예언을 생각하고 감격하였다.

사 씨 부인은 택일하여 친척을 초대하고 잔치를 베풀어 임 씨를 성례시키니 용모가 아름다운 숙녀였으므로 유 시랑이 심중으로 기뻐하고 사 씨 부인에게 말하기를 내 그대에게 정이 덜할까 염려하노라 하니 부인은 미소만 보이고 대답하지 않았다.

하루는 인아의 그전 유모가 임 씨 방으로 들어가서 눈물을 흘리며 말하기를,

"요전에 시비의 말을 들으니 낭자의 남동생 도련님이 그전에 제가 시중하던 우리 공자와 얼굴이 꼭 같이 생겼다 하기에 한번 보러 왔나이다."

유모의 말을 의아스럽게 생각한 임 씨가 유모에게 물었다.

"댁의 공자를 어디서 잃었던가?"

"북경 순천부에서 잃었습니다."

임 씨가 생각하기를 북경이 천 리인데 어찌 남경 땅에서 잃은 공자를 얻었으랴 하고 의아하였으나 시녀에게 인아 소년을 불러오게 하였다.

유모가 본즉 어렸을 때 자기가 밤낮으로 안고 기른 인아가 틀

림없었다. 반가운 생각으로 왈칵 끌어안았으나 한편 의심을 가지지 아니할 수 없었다.

"이 소년은 실로 내 모친이 낳은 친동생이 아니고 '모년 모월 모일'에 강가에 버려진 어린아이를 주워다가 길러서 의남매가 되었다네. 만일 얼굴이 댁이 기르던 공자와 같으면 혹 그런 연고 있는 소년인지도 모르겠네."

이때 소년이 먼저 유모를 알아보고 깜짝 놀라면서 물었다.

"유모, 왜 나를 몰라보는 거야?"

"앗, 도련님!"

유모가 이때 소년을 끌어안고 임 씨에게,

"이것 보십시오. 이 댁의 도련님이 아니면 어찌 나를 알아보고 이렇게 반가워하겠습니까?"

"이 아이의 성명은 비록 모르나 전에 귀한 댁 아들로서 곱게 길렀던 것이 분명하고, 남경으로 가던 뱃군이 어디서 주웠으나 가다가 우리 집 근처에 버리고 간 것이니까, 유모가 잘 알아보고 대감 양위께 말씀드리도록 하게."

유모가 임 씨의 말을 듣고 크게 기뻐하면서 곧 사 씨 부인에게 그 말을 전하자, 부인이 황망히 임 씨 방으로 달려와서 그 소년을 보고 반신반의하면서,

"너는 나를 알겠느냐?"

인아가 사 씨 부인을 자세히 보다가 울음을 터뜨리고,

"어머니, 어머니는 저를 몰라보십니까? 어머님이 집을 떠나신 후에 소자가 매양 그립게 생각하였습니다. 어릴 때 일이라 제 기억이 아득하여 잘 모르나 여자가 저를 멀리 가다가 제가 잠든 사이에 강변 숲 속에 두고 갔기 때문에 잠을 깬 뒤에 외롭고 무서워서 울 적에 큰 배를 타고 가던 사람이 데리고 가다가 또 어떤 집 울 밑에 놓고 갔습니다. 그때 그 집의 은모(恩母)가 거두어 길러 주어서 전보다 편하게 지내다가 이제 뜻밖에 여기 와서 어머님을 뵈오니 이제는 죽어도 한이 없습니다."

사 씨 부인이 인아의 손을 잡고 대성통곡하며,

"이것이 꿈이냐, 생시냐. 꿈이면 이대로 깨지 말아야겠다. 내 너를 다시 보지 못할까 하였더니 오늘날 집에 돌아온 것을 만나니 어찌 하늘의 도움이 아니겠느냐?"

하고 흐느껴 울다가 유 시랑에게 인아를 찾은 사실을 고하였다. 유 시랑이 급히 달려와서 자초지종을 듣고서 임 씨를 칭찬하면서 기뻐하였다.

"우리가 오늘 부자, 모자가 이처럼 만나서 즐기는 경사는 모두 그대의 공이니, 그 은덕을 어찌 잊겠는가. 금후로는 나의 가장 큰 슬픔이 없게 되었다."

"과분하신 말씀을 듣자와 황송하옵니다. 오늘날 부자, 모자가

상봉하신 것은 모두 존문의 음덕이지, 어찌 제 공이겠습니까. 사 씨 부인의 성덕현심(聖德賢心)에 신명이 감동하신 영험 때문니다."

"음, 그것도 그렇고 그대 공도 또한 장하지 않은가?"
하고 온 집안이 이 경사를 축하하였다. 인아의 모습을 보니 장부의 체격이 발월하고 그 준매함을 칭찬치 않은 사람이 없었다. 원근의 친척이 모두 모여서 치하하는 동시에 임 씨에 대한 대우가 두터워지고 비복들도 착한 임 씨를 존경으로 섬겼다.

사 씨 부인이 임 씨 대하기를 동기처럼 아끼고 임 씨 또한 사 씨 부인을 형님같이 극진히 섬겼으며 보통 처첩 간의 투기 같은 감정은 추호도 없었다.

이 무렵에 교녀는 동청이 죽은 뒤에 냉진과 살다가 마침내 냉진이 역적의 도당을 꾸미다가 괴수로 잡혀 처형되자 도망가서 낙양 술집의 창기가 되어 낙양의 인사에게 웃음을 팔아 재물을 낚으면서 전신이 한림학사의 부인이라고 호언하였으므로 낙양에서 교녀의 교태를 모르는 사람이 없었다.

유 시랑 댁의 사환이 마침 낙양에 왔다가 창녀 교 씨의 유명한 평판을 듣고 술집에 가서 보니 분명히 본인이라 깜짝 놀라고 돌아와서 교녀의 소식을 전하였다.

이 소식을 들은 유 시랑은 부인 사 씨에게 말했다.

"교녀를 잡지 못할까 걱정했더니 낙양청루에서 행색이 낭자하더니 내가 돌아갈 때에 잡아서 설치(雪恥)하겠소."

"그러세요. 그년을 잡아서 제 원한을 풀어야겠습니다."

관대한 부인 사 씨도 교녀에 대한 철천지한은 풀리지 않았던 것이다.

사 씨는 아들 인아를 만난 후로는 시름이 없었고 유 시랑은 사사로운 고민이 없어서 모든 힘을 치민(治民)에 근면하여 모든 백성이 농업과 학업에 힘썼으므로 그의 일읍이 대치(大治)하여 태평성대를 구가하였다.

황제가 그 공적을 들으시고 예부상서로 승탁하시니 유 상서가 사은차 상경하게 되었다. 행차가 서주에 이르러서 창녀로 이름난 교녀를 염탐한즉 분명히 그곳 화류계에서 군림하는 존재로 있었다.

유 상서는 수단 있는 매파와 상의하고 창녀 교칠랑을 시켜서 이러이러하라고 명하였다. 매파가 교녀를 찾아서 말했다.

"이번에 예부상서로 영전되어 상경하시는 대감께서 교 낭자의 향명을 들으시고 소실을 맞아 총애코자 하시는데 낭자 의향이 어떤가? 상서 벼슬은 거룩한 재상의 지위요, 그 시비의 말을 들은즉 정실부인은 신병으로 치가(治家)도 못한다니까 낭자가 그 대감 댁에 들어만 가면 정실부인과 다름이 없이 집안 실권을 휘두르며 마음대로 호강을 할 것이니 이런 좋은 혼담이 어디 있겠나. 여자의 부귀는 역시 교 낭자 같은 미인의 차지야."

교녀가 매파의 달콤한 권고를 듣고 생각하되,

'내 비록 화류계 생활로 의식의 부족은 없지만 나이도 점점 먹어 가니 종신의탁을 생각하지 않을 수 없으니 이 기회에 상서 부인이 되어서 천한 신분을 면하자.'

하고 매파에게 잘 성사시켜 달라고 쾌락하였다.

"성례는 대감과 본부인이 보시는 데서 할 것이므로 준비가 되면 낭자를 데리고 갈 테니 화장을 곱게 하고 기다려요."

"알겠어요."

교녀는 득의의 미소를 지었다.

매파가 교녀의 승낙을 고하자 유 상서는 인부를 갖추어서 교녀를 가마에 태워서 본 행차와 따로 서울로 데려가도록 분부하였다.

유 상서는 서울에 이르러 황제 어전에 사은하고 집으로 돌아와서 친척을 모아 놓고 경축 잔치를 크게 베풀었다. 이 자리에서 사 씨는 임 씨를 불러서 두 부인을 뵙게 하고,

"이 사람은 그전의 교녀와 같지 않은 현숙한 사람이니 고모님께서는 그릇 보지 마십시오."

하고 소개하였다. 두 부인은 새사람이 비록 어진 사람이라도 나

에게는 상관없는 일이라고 담담한 태도를 취하였다.

이때 유 상서는 빙글빙글 웃으며 두 부인과 좌중 손님들에게,

"오늘 이 즐거운 잔치에 여흥이 없으면 심심할까 합니다. 노상에서 명창을 얻어 왔으니 한 번 구경하시오."

하고 좌우에 명하여 창녀 교칠랑을 부르라 하였다. 이때 교자로 실려서 서울로 왔던 교녀가 사처에서 기다리고 있다가 승명하고 상서 댁으로 데려오자 가마 안에서 내다보고 깜짝 놀라서 물었다.

"이 집은 분명히 유 한림 댁인데 왜 이리 가느냐?"

시녀가 시치미를 딱 떼고 대답하였다.

"유 한림은 귀양 가시고 우리 대감께서 이 집을 사서 들어 계십니다."

교녀가 시녀의 말에 안심하고 또다시 가증한 교만한 생각을 일으켰다.

'나하고 이 집과는 인연이 깊구나. 마땅히 그전에 정들었던 백자당에 거처하겠다.'

시비가 그렇게 옛 꿈을 그리워하는 교녀를 인도하고 유 상서와 사 씨 부인 앞으로 갔다. 교녀가 눈을 들어서 보니 좌우에 있는 수많은 사람이 전부 낯익은 유연수 문중의 일적이라 벼락을 맞은 듯이 낙담상혼하고 말았다. 교녀는 땅에 엎드려서 목숨만

살려 달라고 애걸하였다.

유 상서가 큰 호통을 하며 꾸짖었다.

"네 죄를 아느냐!"

"제 죄를 어찌 모르겠습니까마는 관대히 용서하여 주십시오."

"네 죄는 일류이니 음부는 들으라. 처음에 부인이 너를 경계하여 음탕한 풍류를 말라 함이 좋은 뜻이어늘 너는 도리어 참소하여 여우의 탈을 썼으니 그 죄 하나요, 요망된 무녀 십랑과 음모하여 해괴한 방법으로 장부를 혹하게 했으니 그 죄 둘이요, 음흉한 종년들과 동청과 간통하여 당을 이루고 악행을 하였으니 그 죄 셋이요, 스스로 저주하고 부인에게 미루었으니 그 죄 넷이요, 동청과 사통하여 가문을 더럽혔으니 그 죄 다섯이요, 옥지환을 도둑질하여 간인(奸人)을 주어 부인을 모해하였으니 그 죄 여섯이요, 제 손으로 자식을 죽이고 그 악을 부인에게 미루었으니 그 죄 일곱이요, 간부와 작하고 부인을 사지에 몰아넣었으니 그 죄 여덟이요, 아들을 강물에 던졌으니 그 죄 아홉이요, 겨우 부지하여 살아가는 나를 죽이려고 하였으니 그 죄 열이다. 너 같은 음부가 천지간의 음악한 대죄를 짓고 아직도 살고자 하느냐?"

교녀는 머리를 땅을 받으면서 울어 대며,

"이것이 모두 제 죄이오나 자식을 해친 것은 설매가 한 일이요, 도적을 보낸 것과 엄 승상에게 참소한 것은 동청이 한 일입니다."

하고 사 씨 부인을 향하여 울면서 호소하였다.

"저는 실로 부인을 저버린 죄인이오나 오직 부인은 대자대비하신 은혜로 저의 잔명을 살려 주십시오."

사 씨 부인은 눈물을 머금고 떨리는 음성으로 대답하였다.

"네가 나를 해하려 한 것은 죽을죄가 아니지만 대감께 죄진 너를 내가 어찌 구하겠느냐?"

유 상서는 교녀의 비굴한 행색에 더욱 노하였다. 곧 시동에게 엄명하여 교녀의 가슴을 찢어 헤치고 심장을 꺼내라고 하였다.

이때 사 씨 부인이 시동을 만류시키며 말했다.

"비록 죄가 중하나 대감을 모신 지 오랜 몸이니 시체는 완전하게 처치하십시오."

유 상서는 부인의 권고에 감동하고 동편 언덕으로 끌어내다가 타살한 후에 시체를 그대로 버려서 까막까치의 밥이 되게 하라고 명하니 좌중의 모든 사람이 상쾌하게 여겼다.

유 상서는 만고의 간부 교녀를 죽이고 상쾌하게 여겼으나 사 씨 부인은 시녀 설매가 억울하게 참사된 것을 가엾이 여겨서 뼈를 찾아서 잘 묻어 주었다.

그리고 십랑을 잡아서 치죄(治罪)하려고 찾았으나 전년에 금령의 옥사에 연좌되어서 죽었다는 사실이 밝혀졌다.

임 씨가 유 씨 문중에 들어온 지 십 년이 지나는 동안에 계속하여 삼형제를 낳았는데 모두 옥골선풍이요, 천금가사(千金佳士)였다.

장자의 이름은 웅이요, 차자의 이름은 준이요, 삼자의 이름은 란이라 하였는데 모두 부형을 닮아서 세상에서 뛰어난 인재들이었다.

황제는 유 상서의 벼슬을 좌승상으로 승진하고 자주 불러서 만나시니 유 씨 가문의 영광이 비할 데 없었고, 또 사 추관이 높은 벼슬에 이르니 그 명성의 웅성함이 천하에 으뜸이었다.

유승상 부부는 팔십여 세를 안양(安養)하고, 그 후대의 공자는 병부상서에 이르고 유웅은 이부상서를 하고 유준은 호부시랑을 하고 유란은 태상경을 하여 조정에 참여하였으니, 그 모친 임 씨도 복록을 누려서 자부와 제손을 거느리고, 사 씨 부인을 모시며 안락한 세월을 보냈다.

문필에 능달한 사 씨 부인은《내훈》십 편과《열녀전》십 권을 지어서 세상에 전하고 며느리들을 가르쳐서 선도를 행토록 권장하였다.

이러므로 착한 사람은 복을 받고 악한 사람은 앙화를 받는 법

이니 후인을 징계함 직하나 사정이 기이하므로 대강 기록하여
후세에 전하는 바이니 보시고 사람은 명심하소서.

희로애락을 지성으로 근고(謹告)하옵니다.

사씨남정기

김만중 [金萬重, 1637(인조 15년) ~ 1692(숙종 18년)]

본관은 광산, 자는 중숙(重叔), 호는 서포(西浦). 현종 6년(1665년) 정시문과(庭試文科)에 장원, 정언(正言) 교리(校理) 등의 여러 벼슬에 올랐다.

숙종의 첫 왕비였던 인경왕후의 숙부로, 임금 앞에서 자신의 생각을 거침없이 말하는 강직한 성격을 지녀 벼슬에서 쫓겨나고, 김 씨 성을 쓰지 못하는 벌을 받기도 했다. 후에 예조참의로 복귀하여 대사헌, 대제학에까지 벼슬이 올랐다. 그러나 숙종이 인현왕후를 폐비시키고 희빈 장 씨를 중전으로 삼으려 하자 이를 반대하다가 남해에 유배당하였다. 이러한 와중에 어머니 윤 씨가 아들의 안부를 걱정하다 끝내 병으로 세상을 떠나자 장례식에도 참석하지 못하는 것을 슬퍼하다가 유배지인 남해에서 56세로 세상을 떠났다.

그는 소설을 천한 것으로 여기던 조선 시대에 소설의 가치를 인식하고 창작했으며, 우리 문학은 한글로 쓰는 것이 옳다고 주장하며 국문 소설의 황금시대를 가져오는 데 공헌했다. 또한 유교 이외의 가치가 부정되던 사회에서 불교를 전면적으로 내세우는 이야기를 쓰는 등 진보적인 모습을 보였다. 대표작으로는 《구운몽》,《사씨남정기》 등이 있다.

◆ **작품 개관**

《사씨남정기》는 김만중이 남해로 귀양을 가 있는 중에 쓴 작품
으로 사대부 가문의 처첩 간의 갈등과 당시 조선 사회의 당파 싸
움을 그대로 보여 준다. 이 작품은 당시 숙종이 인현왕후를 폐위
시키고 장 희빈을 중전으로 삼은 역사적 사실과 무척 닮아 있어,
숙종에게 깨달음을 주기 위해 쓴 것이라고 알려져 있다.

◆ **줄거리**

명나라의 금릉 순천부에 사는 유현이라는 관리는 늦게까지 자식
이 없다가 늦게서야 아들 연수를 얻는데, 유현의 아내인 최 씨는
아들을 낳고 세상을 떠난다. 연수는 아무 탈 없이 자라서 십오 세
에 한림학사의 벼슬을 받으나 나이가 너무 어려 십 년을 더 공부
하고 나서 벼슬에 나가겠다고 한다. 황제는 특별히 오년의 시간을

주었고, 연수는 그 시기에 어질고 지혜로운 사 씨와 결혼한다.

유 한림과 사 씨 부부의 금슬은 좋았으나 유 한림의 나이가 삼십에 이르도록 자식을 낳지 못하자, 사 씨는 유 한림에게 첩을 들여 자식을 볼 것을 권한다. 유 한림은 처음에는 거절하지만, 사 씨가 여러 번 권하자 마지못해 첩인 교 씨를 맞아들인다.

교 씨는 타고나기를 간악하고 질투심과 시기심이 많은 여자로, 겉으로는 처인 사 씨를 존경하는 척하지만, 속으로는 매우 증오한다. 교활한 교 씨는 유 한림의 비위를 잘 맞추어 집안은 즐거움으로 가득하게 된다.

교 씨의 임신 사실을 안 유 한림과 사 씨는 매우 기뻐하지만 교 씨는 정실부인 자리에 앉고 싶은 욕심에 계략을 꾸민다. 교 씨는 노래와 악기 연주로 유 한림을 유혹하는 한편, 동청이라는 자와 흉계를 꾸미며 그와 함께 남몰래 방탕한 생활을 즐긴다. 그러면서 유 한림에게는 사 씨에 대한 온갖 나쁜 말을 전하는데, 유 한림은 처음에는 믿지 않았으나 교 씨가 마침내 자신의 아들인 장주까지 죽이고 그 죄를 사 씨한테 덮어씌우자 십 년 세월을 함께 살아온 조강지처인 사 씨를 내쫓고 교 씨를 정실로 맞아들인다.

집에서 쫓겨난 사 씨는 시부모의 묘가 있는 산에서 초가집을 얻어 살면서 그곳에서 남은 생을 보내려 한다. 그러나 사 씨가 그곳에 있다는 사실을 알아낸 교 씨는 동청과 다시 흉계를 꾸민다. 그들은 냉진이라는 사나이를 보내어 사 씨의 절개를 꺾으려하나, 사 씨가 먼저 떠나는 바람에 실패한다.

교 씨는 혹시 유 한림이 자신의 죄를 알게 될 것이 두려워 동청과 함께 간신 엄 승상을 통해 유 한림을 귀양 보낸다. 교 씨는 유 한림의 전 재산을 훔쳐서 동청의 부임지로 함께 가서 살고자하는데, 도중에 황제의 은사령으로 집으로 돌아오던 유 한림과 마주친다.

동청은 유 한림이 돌아가면 자신이 무사하지 못할 것을 알고 관졸 수십 명을 뽑아 유 한림의 목을 베어 오면 천금의 상을 주겠노라 약속하는데, 쫓기던 유 한림은 쪽배 한 척을 발견하여 가까스로 도망친다. 그 배에는 소복을 입은 부인이 있는데 그 부인이 바로 사 씨였다. 그 무렵 조정에서는 돈을 통해 많은 비리를 저지른 엄 승상이 처형되고 동청과 냉진도 처단된다. 교 씨는 낙양으로 도망쳐 창루의 창기로 전락한다.

유 한림은 잃었던 아들 인아를 다시 찾고 예부상서로 복위되어 옛 집으로 돌아와 간악한 교 씨를 잡아들여 처형한다. 그리고 어진 첩인 임 씨를 새로 들여 훗날 높은 벼슬에 오르게 되는 세 아들을 낳고, 정실인 사 씨와 더불어 오래도록 행복하게 산다. 임 씨와 그의 아들 역시 사 씨와 유 한림을 모시며 평안한 세월을 보낸다.

사 씨(사정옥) 지혜롭고 아름다운 유 한림의 부인. 청렴한 선비의 자손으로 첩인 교 씨를 들인 후 갖은 모함을 당해 버림받는다. 그러나 끝까지 남편에 대한 곧은 마음을 버리지 않는다.

교 씨(교채란) 유 한림의 첩. 자신의 이익이나 행복을 위해서는 수단과 방법을 가리지 않는 간교한 인물이다. 첩으로 들어와 유 한림의 사랑을 독차지하고 정실부인이 되기 위해 자신의 아들을 죽이는 악행까지 저지른다. 결국 정실부인의 자리를 차지하고 모든 것을 갖게 되나 그럼에도 만족하지 못하고 동청과 사통하여 악행을 저지르다 결국 비참한 죽음을 맞이한다.

유 한림(유연수) 15세에 등과한 재주 있는 사람이나, 정실부인인 사 씨와의 사이에서 아이가 없자 부인의 권유로 첩을 들인다. 이후 교 씨에게 빠져 있다가 간악한 흉계에 넘어가 지혜롭고 어진 아내 사 씨를 버리고 귀양을 가게 된다. 이후 교 씨의 흉계에 빠진 자신의 잘못을 뉘우치고 귀양에서 벗어나는 길에 사 씨를 찾아 새로 정실부인으로 맞아들이고 교 씨를 처형한다.

두 부인 유 한림의 고모. 일찍 남편을 잃고 아들과 함께 돌아와 유 한림의 집에서 함께 산다. 덕이 있는 인물로 모든 상황에 대한 옳고 그름을 판단하며, 다가올 일을 암시하는 복선의 역할을 한다. 사 씨가 억울한 누명을 쓰고 위기에 처할 때마다 돕는다.

동청 교 씨와 사통하고 유 한림을 귀양 가게 하는 등 갖은 악행을 저지르는 전형적인 악당. 유 한림을 모함하여 얻은 벼슬로 백성들을 수탈하면서도 죄의식을 느끼지 않는 등 악행을 끊임없이 저지르나 결국 자신이 한 행동이 들통나 처형된다.

유현 유 한림의 아버지. 당대 사회에서 존경받던 인물이다. 사 씨의 덕이 있는 행동에 감동하지만 병을 얻어 일찍 세상을 떠난다.

냉진 동청의 심복. 옥지환 사건을 벌였던 장본인이다. 사 씨를 곤경에 빠뜨렸으나 동청이 운이 다하였음을 알고 동청을 배반한 후 교 씨와 함께 살다가 도적의 괴수로 잡혀 죽는다.

설매 사 씨의 시녀. 교 씨의 꼬임에 빠져 옥지환을 훔쳐 낸 후 범행에 동참한다. 이후 자신의 잘못을 뉘우치고 사 씨의 아들인 인아를 살려 낸다. 유 한림에게 모든 사실을 알린 후에 교 씨에게 들키게 되자 목을 매 자살한다.

서인 김만중의 납정(南征)기

《사씨남정기》는 유 한림의 정실부인인 사 씨와 첩인 교 씨 사이의 갈등을 통해 당시의 첩 제도를 비판한다.

서포 김만중의 형은 김만기로 숙종의 첫 번째 왕후였던 인경 왕후의 아버지였다. 즉 김만중은 중전의 숙부였다. 당시에는 서 인과 남인 간의 당쟁이 매우 심했는데, 김만중과 김만기는 서인 에서 핵심 인물이었다. 인경왕후가 젊은 나이로 자식을 낳지 못 하고 죽자, 서인들은 인현왕후를 숙종의 두 번째 왕후로 세웠는 데, 인현왕후 역시 자식을 낳지 못했다. 이때 궁인으로 있던 장 옥정이 숙종의 사랑을 얻어 후궁이 되고, 아들을 낳아 후궁 중 최고의 품계인 '빈'이 되었다. 바로 장희빈이라고 불리는 숙종 의 맏아들 '균(훗날 경종)'의 어머니이다.

희빈 장 씨가 숙종의 맏아들을 낳자 서인 세력들이 잡고 있던 주도권이 점차 남인 세력으로 넘어갔다. 숙종은 사랑하던 희빈 장 씨에게서 아들을 보자 세자로 세우고자 하였는데, 이것은 곧 남인 세력이 계속해서 주도권을 갖게 된다는 뜻이었다. 이러한 과정에서 김만중은 숙종에게 '장 씨가 천인 출신의 첩에게서 낳 은 딸이라는 말이 있으니 가깝게 하지 말라.'고 아뢰는데, 숙종 은 이 말에 화가 나서 김만중의 벼슬을 빼앗고 귀양을 보냈다.

김만중이 귀양을 간 지 얼마 되지 않아 인현왕후는 폐비되었고, 희빈 장 씨는 마침내 중전이 되었다. 김만중이 작품을 쓴 시기로 추측되는 것이 바로 이 시기의 전후이다. 이와 같은 사회적 혼란 속에서 김만중은 숙종이 자신의 잘못을 깨우치기를 바라는 마음으로 작품을 썼다.

《사씨남정기》는 '사 씨가 남쪽으로 쫓겨간 이야기'라는 뜻이다. 이 속에는 사 씨가 쫓겨 간 이후 간교한 꾀로 정실부인 자리를 차지한 교 씨의 음모가 밝혀지고, 결국 사 씨의 진실이 드러나 명예 회복을 하게 된다는 이야기가 담겨 있다. '남정(南征)'이 '남쪽을 정벌한다'는 뜻도 가진 것으로 미루어 볼 때 '남인 정벌'의 의미로 이와 같은 제목을 썼을 가능성도 있다.

김만중이 이 소설을 쓴 시기는 숙종이 인현왕후를 폐비한 이후의 일이고, 따라서 숙종과 인현왕후, 희빈 장 씨를 각각 유 한림, 사 씨, 교 씨로 바꾸어 썼다고 하더라도 뒷부분의 남은 이야기들은 김만중이 창작해 낸 허구이다. 흥미로운 것은 실제로 숙종도 이 소설의 마지막 부분처럼 인현왕후를 복위시키고, 간교한 희빈 장 씨를 사약으로 다스렸다는 것이다. 이 일은 모두 김만중이 죽은 이후,《사 씨남정기》가 창작된 이후에 벌어진 일임에도 마치 김만중이 이와 같은 일을 보고 쓴 것처럼 모든 이야기가 맞아떨어진다.

◆ 작품의 구조

김만중이 하고 싶었던 두 가지 이야기

《사씨남정기》는 양반 사대부 가문에서 벌어지는 정실부인과 첩 간의 갈등을 그린 작품이자, 당대 사회의 모습을 신랄하게 비판한 작품이다.

이 작품은 크게 두 가지의 이야기로 구성된다. 하나는 양반 가문의 처첩 간의 갈등을 다룬 전반부 이야기이고, 다른 하나는 조정에서 벌어지는 정치적 사건에 대한 후반부 이야기이다.

작품 전반부는 유 한림과 사 씨가 가정을 이루고 살다가 아이가 없어 첩인 교 씨를 들이고, 그로 인해 여러 가지 고난을 겪게 되는 이야기이다. 교 씨는 성품이 교활하여 유 한림의 비위를 잘 맞추고 정실부인인 사 씨에게도 매우 공손하게 대한다. 반년이 되지 않아 교 씨가 임신을 하자 더더욱 집안의 분위기가 좋아지는데, 유 한림의 사랑은 물론이고 사 씨 역시 매우 기뻐하며 교 씨를 아낀다. 하지만 이 모든 것은 매우 한순간의 일이었다. 교 씨는 유 한림의 사랑을 독차지하기 위해 거문고를 연습하는 등의 일을 벌이며 유 한림의 마음을 유혹하여 사 씨에게서 멀어지게 하고, 동청을 끌어들여 정실부인의 자리를 차지하기 위한 계획을 꾸민다. 교 씨는 마침내 자신의 아들인 장주까지 죽인 후 그 죄를 사 씨에게 뒤집어 씌워 유 한림으로 하여금 십 년이 넘

169

게 살아온 정실부인을 내치게 한다. 전반부의 이러한 내용은 유 한림의 집안에서 벌어진 가정 내부의 일이다. 어질고 지혜로운 아내인 사 씨를 교활한 첩인 교 씨의 모함에 속아 집에서 쫓아내는 유 한림의 어리석음이 전반부를 통해 드러난다.

후반부는 정실부인의 자리에서 쫓겨난 사 씨가 남쪽으로 가면서 전개된다. 사 씨는 시부모의 묘가 있는 산에서 생을 살아가려고 한다. 그러나 이를 안 교 씨가 냉진이라는 사나이를 보내 사 씨의 절개를 끊으려는 흉계를 꾸민다. 그러나 사 씨가 꿈을 통해 자신의 위험을 미리 알고 떠나는 바람에 이 계획은 실패한다. 한편 교 씨는 자신의 거짓말이 드러날 것이 두려워지자 동청과 함께 일을 꾸며 간신인 엄 승상의 도움을 얻어 유 한림을 귀양 보낸다. 이와 같은 과정에서 정치적 사건이 벌어지는 조정의 모습을 치밀하게 보여 준다. 간신인 엄 승상이나 동청, 냉진 등을 통해 조정 안에서 간신들이 어떻게 임금의 눈을 속이고 자신들의 이익을 찾는지 이야기한다. 또한 유 한림과 같은 이들이 어떻게 임금의 곁에서 모함을 받아 떠나게 되는지를 보여 준다.

한글 소설의 모범 답안

김만중은 양반 사대부가의 사람이었다. 당시의 소설 창작, 특히 한글로 된 소설은 매우 천한 취급을 받았다. 그럼에도 불구하고 그는 소설을 사랑하는 어머니를 위해 여러 편의 소설을 지었으며, 한글로 된 작품의 우수성에 대해 여러 번 언급하였다.

이 작품 역시 마찬가지이다. 귀양 가 있는 동안 어머니께 소설을 지어 보내면서 자신의 무사함을 알리고, 어머니의 근심을 덜어 드리려 한 것이 이 작품을 쓰게 된 첫 번째 창작 이유였다.

또 인현왕후를 내치고 희빈 장 씨를 중전으로 삼은 숙종을 스스로 깨닫게 하고자 한 것이 또 다른 창작의 이유였다. 축첩 제도가 불합리적임을 널리 알리고자 한 것 또한 하나의 이유였다. 김만중은 이 작품에서 어려운 한문이나 까다로운 한문투의 표현을 피하고 구어체에 가까운 한글로 표현해 냈다. 속담이나 격언 등을 적절히 사용하고, 우리 말의 아름다움이나 우리 말 특유의 표현을 사용하여 독자들로 하여금 읽는 재미를 느끼게 하였으며, 단순한 재미만이 아니라 그 안에 들어간 권선징악적 구조를 통해 교훈을 주었다. 이러한 김만중의 소설은 후대의 한글 소설의 창작에 모범이 되었다. 특히 여성들이 중심에 선 소설이 유행한 것도, 사회 문제가 될 만한 가정의 이야기들이 소설의 소재가 된 것도 모두 김만중의 영향이다.

◆ **작품에 반영된 현실**

'숙종의 여인들' 대 '유 한림의 여인들'

《사씨남정기》는 숙종이 인현왕후를 내친 이후 희빈 장 씨를 중전으로 삼은 것을 풍자하여 숙종의 마음을 되돌리기 위해 지은 작품이다. 실제로 한 궁녀를 통해 이 작품을 알게 된 숙종이 자신의 잘못을 뉘우치고 인현왕후를 다시 복위시켰다는 이야기도 전해진다. 인경왕후가 김만중의 조카였고, 인현왕후를 내치고 희빈 장 씨의 말을 들으려는 숙종에게 바른 말을 하려다 귀양을 가게 된 억울한 사연이 있기 때문에 더더욱 이 작품이 아무런 목적 없이 쓰인 것이라고 하기는 어렵다.

서인과 남인의 극렬한 대립이 인현왕후와 희빈 장 씨라는 숙종의 여인 간의 대립과 연결되고, 그로 인해 벌어진 수많은 사실이 사 씨와 교 씨라는 유 한림의 여인 간의 대립을 통해 그대로 드러난다. 유 한림이 결국 교 씨를 처형하고 사 씨와 함께 해로하는 결론은 숙종이 인현왕후를 다시 복위시켜 해로하기를 염원하는 의도에서 지어진 것이다.